COLÈRES

DU MÊME AUTEUR

Romans

Priez pour nous, Bernard Barrault, 1990 ; J'ai lu, 1991 et 2002
Je voudrais descendre, Le Seuil, 1993
Comme des héros, Libres-Fayard, 1996
Mon premier jour de bonheur, Julliard, 1996
Des hommes éblouissants, Julliard, 1997
Un jour, je te tuerai, Julliard, 1999
Trois couples en quête d'orage, Julliard, 2000
Méfiez-vous des écrivains, Julliard, 2002
Le Cahier de Turin, Julliard, 2003
Écrire, Julliard, 2005
Le Chagrin, Julliard, 2010

Récit

Il ne m'est rien arrivé (voyage dans les pays en guerre de l'ex-Yougoslavie), Mercure de France, 1994

Documents

Paroles de patrons (avec Stéphane Moles), Alain Moreau, 1980
L'Affaire de Poitiers, Bernard Barrault, 1988
Hienghène, le désespoir calédonien, Bernard Barrault, 1988

LIONEL DUROY

COLÈRES

roman

Julliard
24, avenue Marceau
75008 Paris

ISBN 978-2-260-01914-5

Comme c'est étonnant, me dis-je, qu'Hélène, qui m'écrivait sans cesse lorsque nous nous sommes rencontrés, ne réponde plus à mes lettres aujourd'hui que notre famille se délite. Son silence me laisse si démuni, si tremblant, que je dois sortir marcher sur ce boulevard de Belleville que je déteste. Au lieu d'aller me coucher près d'elle, puisqu'il est tard, déjà, puisque je suis tellement fatigué. Hélène, qui me semblait si forte, ne sait plus, soudain.

On dirait qu'elle ne croit plus à tout ce qu'elle a prétendu depuis des années, me dis-je, tandis que je marche sur le terre-plein central baigné de crépuscule en direction du Père-Lachaise. Tout est laid, ici, me dis-je, contournant une barrière de chantier contre laquelle une femme s'est allongée sur un matelas auprès d'un caddie de supermarché bourré de saloperies : des cartons, des bouteilles, des vêtements dont les manches pendent sur le côté... Je revois Hélène m'expliquant comment m'organiser avec mes deux enfants, chassant les difficultés que je soulève d'une intonation chantante, d'un petit pas de danse dans la cuisine de notre premier appartement, se proposant de les conduire elle-même à l'école, à Fontenay, au volant de ma voiture, si je ne m'en sors pas certains matins. Hélène qui n'a que vingt-cinq ans, alors, qui m'aime et me l'écrit tous les jours, tandis que j'en ai quarante et tente de surmonter le départ d'Agnès, ma première femme, et de faire bonne figure auprès de David et de Claire, six et trois ans.

— Non, sûrement pas, Hélène, ce n'est pas à toi de conduire mes enfants à l'école.

— Marc !

Elle pouvait s'en aller, disparaître sur une si petite réflexion. Je souris en me remémorant combien Hélène était susceptible. Elle l'est toujours autant aujourd'hui, tant d'années après, me dis-je. Tant d'années après. Ce n'est pas elle qui a changé, c'est moi. C'est moi qui ai complètement bouleversé ma façon de lui parler pour ne plus jamais la blesser.

— Toi, papa, dit Coline, notre plus jeune fille, tu es comme un petit chien devant maman, tu fais ses quatre volontés.

— Oui, c'est vrai, Coline, dis-je en éclatant de rire pour lui montrer combien sa comparaison désobligeante ne m'atteint pas, mais c'est parce que j'aime ta maman.

— Ce n'est pas une raison. Après, madame se prend pour la reine, elle se croit tout permis.

— Bon, vous êtes chiants à la fin, nous interrompt Anna, on ne peut jamais parler de choses intéressantes avec vous.

Anna, la sœur aînée de Coline, a dix-sept ans. Elle prépare son bac. L'année prochaine, elle ne sera plus là. Elle est bien contente, dit-elle, de s'en aller à son tour de cette famille, suivant ainsi les traces de Claire et de David, partis depuis longtemps. Au début, je souriais quand je voyais Anna se mettre en colère contre sa famille, la nôtre, celle qu'Hélène et moi avons fondée, ou plutôt *re*fondée autour de mes deux premiers enfants. Je ne pensais pas qu'on puisse reprocher quoi que ce soit à notre famille, parfaite en tous points, me disais-je, comparée aux fratries pathogènes qu'Hélène et moi avons connues enfants. Hélène et ses onze frères et sœurs ; moi et mes neuf frères et sœurs. Je pensais qu'Anna plaisantait.

Aujourd'hui, j'ai compris qu'elle ne plaisantait pas. On peut donc avoir envie de fuir notre famille, comme Hélène et moi avons fui les nôtres. J'ai compris, mais je demeure incrédule : comment avons-nous pu rater à ce point notre propre aventure familiale, me dis-je, alors qu'à chaque instant nous avons eu le sentiment de bien faire ?

J'ai attendu six heures du matin qu'Hélène se lève pour me coucher. Et maintenant, allongé sur notre lit mais ne trouvant pas le sommeil, j'essaie de me remémorer à quand remonte mon premier tremblement, mon premier effroi lorsque je l'ai approchée. *Mon premier effroi lorsque j'ai approché Hélène* – mais comment puis-je énoncer une telle phrase, me dis-je, moi dont les pensées sont constamment habitées de son visage, de sa voix, de son pas ? Il me semble que c'était il y a trois ou quatre ans, un soir d'août, dans notre maison de Provence. Soudain, la prendre dans mes bras m'était apparu comme une chose immense, presque insurmontable. Qu'est-ce qui avait changé en elle, en moi, pour que mon cœur se mît à cogner de façon folle et désordonnée, comme s'il avait pressenti un danger derrière le désir. Le désir si simple de l'aimer. Hélène l'avait deviné, entendu peut-être, et elle s'était aussitôt appliquée à me dire des mots tendres, comme si rien ni personne ne me menaçait. Nous étions dans notre chambre, celle où parfois je me laissais glisser dans le sommeil avec un frisson de volupté à l'heure de la sieste, tenant la main d'Hélène, ou enfouissant mon visage dans ses cheveux sombres et bouclés. Songer à notre maison de Provence, à tout ce qu'elle représente pour nous, me détourne petit à petit de cette nuit épouvantable où je n'ai fait qu'errer sur le boulevard de Belleville, fuyant Hélène, grelottant d'épuisement et de peur. Songer à notre maison de Provence me ramène au temps où nous *re*fondions notre famille. Et d'ailleurs, tout de suite je revois Claire, qui devait avoir sept ans cette année-là, tandis qu'elle en a vingt-deux aujourd'hui, dans le jardin de cette maison à l'abandon que nous allions acheter. Ce sont les vacances de Pâques, il ne fait que pleuvoir, et Claire disparaît à moitié dans les herbes hautes et mouillées. Elle me dit tout bas, pour que la dame de l'agence immobilière ne l'entende pas, mais tu sais, papa, je la connais cette maison, c'est là qu'on vient jouer avec Juliette, on saute par-dessus la barrière, il y a même un roi lion là-bas, tu vas voir, tu vas voir… Et, en effet, nous apercevons sur la droite une sorte de mausolée sous lequel se tient un petit lion de pierre dressé sur ses pattes arrière. Puis nous entrons dans la maison, qui est en partie dissimulée sous les arbres, et jamais je n'oublierai mon émotion en embrassant ces pièces majestueuses figées dans un autre temps. Mon émotion qui n'a pas de mots encore, parce qu'il me faudra des mois, des années peut-être, pour reconnaître en cette maison celle où je suis né, à Bizerte, en Tunisie.

Quand je me réveille, il doit être tard, car la lumière dorée de mai pénètre largement dans notre chambre par les interstices des rideaux. Je songe avec bonheur que je vais passer le reste de la matinée sur mon vélo, le *Dangre*, me dis-je aussitôt, plutôt que le *Follis* ou le *Vitus*, oui, le *Dangre*, le plus nerveux d'entre mes vélos, en tout cas celui que je préfère en ce moment, à tourner sur le circuit du bois de Vincennes, sous les arbres lourds et feuillus du printemps, puisque je n'écris plus. Et soudain me revient à l'esprit la scène de la veille, tandis que je me rendais chez mon éditeur à bicyclette (une confortable bicyclette de ville d'origine belge, de marque *Tuyttens*). Il pouvait être midi, je roulais tranquillement rue de Turbigo, entre République et Arts-et-Métiers, quand un haut et fin vélo de couleur orange m'avait dépassé. Comme je le fais toujours, j'avais d'abord admiré la mécanique du bel oiseau, son moyeu arrière et son dérailleur, puis l'élégance des longs haubans enserrant étroitement le fil noir et tendu de la roue, avant de lever les yeux sur le cycliste. C'était David, mon fils. Combien de dixièmes de seconde m'avait-il fallu pour l'identifier ? Le jean relevé jusqu'aux genoux, le sac à dos bleu de coursier new-yorkais en travers du dos, la nuque brune, quelque chose de familier dans le maintien des épaules… Merde, David ! M'a-t-il reconnu, lui ? m'étais-je alors demandé, ne le lâchant pas des yeux tandis qu'il se fondait dans le flot des voitures en direction des Halles. Peut-être que non… Mais si, bien sûr, puisque j'avais sur le dos cet affreux sac noir rapporté de Seattle et marqué *Travel in mind* dont il se foutait toujours, et puis il connaît ma bicyclette de ville… Si, forcément, il m'a reconnu, me dis-je, allongé dans notre chambre, et il ne s'est pas arrêté. C'est étrange, ajouté-je stupidement, dans un accès de fausse émotion, de penser que j'ai tenu cet enfant dans mes bras, que je l'ai couvert de baisers, et qu'aujourd'hui il me dépasse sur son vélo en feignant de ne pas me voir, feignant quant à moi d'oublier que nous ne nous adressons plus la parole depuis qu'il m'a insulté, avant de m'escroquer de plusieurs milliers d'euros. Ce qui me touche, en revanche, ce qui me touche vraiment, c'est d'imaginer ce qu'il a pu penser de moi en me reconnaissant, de dos. Merde, papa ! a-t-il dû se dire. Et je crains bien qu'il ait ajouté : Ce connard, ou Ce vieux con, et peut-être même l'idée l'a-t-elle traversé de me pousser au passage, de me faire tomber. Je sens que mon cœur bat bien plus vite à cette évocation et je suis tenté de bondir de mon lit pour relire enfin sa dernière lettre, celle qu'il m'a écrite avant de m'escroquer, ou plutôt pour m'annoncer qu'il allait m'escroquer.

J'ai pensé que mon cœur allait s'arrêter le soir où j'ai découvert cette lettre envoyée par mail, et maintenant je revois la scène tandis que je préférerais revenir à mes vélos, songer tranquillement aux avantages du *Dangre* sur le *Follis*, et laisser monter en moi le plaisir d'enfourcher l'un ou l'autre dans quelques minutes, par ce beau temps, n'est-ce pas. Mais il est trop tard, maintenant je revois la scène et je ne peux plus m'en détacher. Elle capte toute mon attention, toute mon émotion. J'étais assis près du piano, dans notre grande pièce, mon ordinateur sur les genoux. Je voulais juste consulter mes mails avant d'aller me coucher. Tiens, m'étais-je dit, David qui me récrit ! Alors ça ! J'avais ouvert et lu. Ça commençait très gentiment, Bonjour papa, j'ai vidé et rangé l'appartement, je pars demain à New York pour trois semaines… et lisant cela, j'avais aussitôt éprouvé une bouffée de tendresse pour mon fils, Ah c'est bien, m'étais-je dit, nous nous sommes beaucoup engueulés ces derniers temps, mais il est réglo. Cependant, ce qui suivait était abominable, et après l'avoir lu j'avais dû lâcher un petit gémissement, quelque chose d'animal, car Hélène, qui se trouvait assise à son bureau à quelques pas de moi, avait levé les yeux de son propre ordinateur. Qu'est-ce qu'il y a, Marc ? – Je ne peux pas, avais-je dit en me levant, déposant mon ordinateur sur le piano. – Tu ne peux pas quoi, mon chéri ? – Je ne peux pas, je ne peux pas, avais-je répété stupidement en gagnant un fauteuil dans lequel je m'étais affaissé tout en songeant que j'allais peut-être mourir d'un instant à l'autre, ou du moins m'évanouir, tant la lettre était effrayante. Je voulais dire que je ne pouvais pas la supporter, tout simplement. Alors Hélène était allée la lire sur mon écran, puis se tenant debout près de moi, elle avait essayé de me réconforter tout en me caressant les cheveux. Ce ne sont que des mots, mon chéri, il veut faire le malin, déguiser une arnaque en drame familial, tu sais bien comme il aime les drames… Ce n'est qu'un petit arnaqueur, un petit con.

Je bondis de mon lit et j'enfile ma tenue de vélo dans la salle de bains – un cycliste noir rembourré aux fesses, un tee-shirt noir, de fines chaussures à semelles de gomme dures comme du bois, noires également. Passant devant mon bureau, qui est dans notre chambre, j'ai bien aperçu la tranche rouge du dossier « David » dans lequel j'ai rangé notre dernière correspondance (que j'ai pris soin d'imprimer), mais je m'en suis aussitôt détourné. Je ne veux plus songer qu'au plaisir de filer sur mon *Dangre*, dans le vent chaud de midi, sous les arbres lourds et majestueux du bois de Vincennes.

Sans le vélo, je serais mort depuis longtemps, dis-je tout haut (puisque personne ne peut m'entendre), enfilant à toute allure la place de la Nation et riant de satisfaction en dépit de l'immense chaos qu'est devenue ma vie. Il m'arrivait, l'année dernière, tandis que j'écrivais mon autobiographie, de songer que je pourrais m'enfuir à vélo, quitter ce livre qui me précipitait chaque jour dans un désespoir sans nom, abandonner les miens, et disparaître. Je pédalerais vers l'Est, me disais-je, vers la Russie de mes premières lectures – la Russie que j'avais tellement aimée en rêve, adolescent – jusqu'à tomber d'épuisement au bord de la route, un jour, dans l'Oural peut-être, et mourir. Pédaler remplirait ainsi toute ma vie, je n'aurais plus à penser, à souffrir surtout, je serais comme un train sur ses rails, n'ayant plus qu'à me laisser conduire. C'est ce que j'avais fait l'année de mes vingt ans, rompant avec ma vie d'alors pour m'enfuir sur mon premier vélo, un *Singer* sur mesure dans lequel j'avais investi toutes mes économies. Parvenu de l'autre côté du Haut-Atlas, après avoir traversé la France, l'Espagne et le Maroc, j'étais néanmoins reparti dans l'autre sens, finalement heureux d'être aimé d'Agnès que je connaissais depuis quelques mois seulement, et désireux de vivre.

C'est drôle comme chaque fois que je m'élance vers le bois de Vincennes, fuyant notre maison, soudain léger comme un oiseau, ou du moins en ayant le sentiment, je repense à ce voyage au Maroc et à mon vieux *Singer* aujourd'hui à la retraite dans notre maison de Provence. À la rupture qu'a signifié ce voyage vers le Haut-Atlas. Enfant sans destin au départ, perdu dans les vagissements d'une fratrie que nos parents auraient sûrement rêvé de noyer dans les toilettes si la chose avait été possible, j'étais devenu un homme au retour. J'avais décidé de vivre, et donc commencé de rompre silencieusement avec mes parents et mes frères et sœurs. Si la chose s'était présentée, me dis-je, j'aurais désormais refusé que mes parents me noient avec le restant de la portée. Et tout en continuant de pédaler, je ris de cette image : nos parents nous jetant tous les dix dans les cabinets, avant de tirer la chasse, et moi seul, protestant, éructant, m'accrochant furieusement au rebord de la cuvette, les cheveux dégoulinants, recrachant l'eau qui m'est entrée par le nez pour les insulter – bande de salauds, laissez-moi sortir de là ! Mais brusquement, je repense à David, mon fils, aux circonstances dans lesquelles lui aussi s'est mis au vélo. Lorsque je tourne sur le circuit de Vincennes, à un moment ou à un autre, je repense à lui. Le cheminement de mon esprit est toujours le même : d'abord, je songe que je vais peut-être le rencontrer sur le circuit, et cela me remplit de plaisir. Nous pédalerons un moment côte à côte, me dis-je, lui sur son merveilleux vélo orange (que je me mets à chercher des yeux parmi les autres cyclistes), et moi sur mon *Dangre*, ou mon *Follis* (l'un et l'autre noirs). Mais alors il me revient qu'adolescent, en Provence, il ricanait, et semblait me mépriser quand il me croisait sur mon vélo jaune, un *Rando-Cycles* sur mesure, celui avec lequel je grimpe le Ventoux. Alors aussitôt, je sens revenir au galop mon énorme colère contre le ricaneur qu'il fut, adolescent, méprisant, roué, déloyal, me dis-je, tout le contraire du fidèle complice que j'avais été moi-même pour mon père. Durant deux ou trois tours de circuit cette colère m'accompagne, me faisant complètement oublier le plaisir de rouler. Jusqu'au jour où il arrive à vélo à l'un de nos déjeuners. Quand je revois cette arrivée, ma colère contre lui tombe d'un seul coup. Ben tu t'es mis au vélo, David ? – Ouais, c'est un pote qui me l'a vendu, ça faisait pas mal de temps que je le reluquais… Qu'est-ce que tu en penses, il n'est pas mal, non ? – Il n'est pas mal, oui. En fait, un vélo très ordinaire, de ceux qu'on trouve dans les supermarchés, mais ça n'était pas la question. La question, c'était que mon fils marchait soudain sur mes traces, après tant d'années où il avait semblé me trouver grotesque, et que nous feignions l'un et l'autre de ne pas nous en apercevoir. Et il achetait ce vélo au lendemain d'un accident de scooter où il aurait pu être tué, le type en face ayant franchi la ligne blanche avec sa voiture pour venir le percuter de plein fouet, exactement comme j'avais acheté mon *Singer* au lendemain d'un accident de moto dont je n'aurais pas dû réchapper. Puis je lui avais rapporté de Provence un cadre en carbone, et plus tard il avait découvert ce merveilleux vélo orange qui alimentait chaque fois une partie de nos conversations. Jusqu'à notre rupture. Et comme je repense à sa lettre, à la façon dont il m'a escroqué, je sens que je n'ai plus de souffle et je dois arrêter un instant de pédaler.

Curtis, mon éditeur, qui parle rarement pour ne rien dire, m'a rapporté qu'une de ses amies s'était étonnée, après avoir lu mon autobiographie, qu'Hélène supporte « la façon un peu obsessionnelle » dont je semblais l'aimer. Si je songe à cette réflexion, tandis qu'assis à mon bureau je me demande ce que je pourrais bien écrire, c'est qu'elle fait écho à une chose que m'a dite Hélène. Tu me fétichises, mon chéri. – Je ne sais pas ce que ça veut dire, Hélène. – Tu aimes en moi une femme que tu as construite dans ta tête, dans tes livres… – Non, c'est toi que j'aime. – Ne le prends pas mal, ce n'est pas un reproche, tu sais bien combien ton amour me touche et me donne la force de vivre. Mais je sens bien que c'est un reproche, et si je m'y attarde c'est que je réfléchis à tout ce qui me permettrait de comprendre pourquoi je ne peux plus approcher Hélène sans trembler. Je suis tellement fatigué de devoir dormir dans un fauteuil, ou de marcher une partie de la nuit, que j'ai peur de perdre les pédales et qu'il faille bientôt me faire enfermer (tiens, c'est amusant que je parle justement de ma peur de « perdre les pédales » quand le vélo est la seule chose qui me permette encore d'échapper à cette angoisse, et peut-être à la folie). Tu me fétichises, mon chéri. En réalité, je devine vaguement ce que veut dire Hélène : je n'ai qu'à lever les yeux de mon bureau, ce ne sont que des photos d'elle. Ma préférée est un agrandissement d'une photo d'identité réalisée dans un photomaton l'année où nous nous sommes rencontrés. De toutes les photos d'Hélène datant de cette époque (ses vingt-cinq ans), celle-ci est la seule à témoigner si justement de cette beauté silencieuse, ardente et triste, qui m'avait bouleversé dans la seconde. Comme le tirage du photomaton est de mauvaise qualité, j'ai dû solliciter les meilleurs laboratoires professionnels avant d'obtenir une image parfaite que je peux observer à la loupe, si j'en ai envie, sans jamais être déçu. Je veux dire par là que mon émotion est intacte aussitôt que je plonge en elle. Au-dessus, c'est une photo d'Hélène tenant la main de Claire. Toutes les deux marchent rue de la Bidassoa, où nous habitions alors. Claire a quatre ans et demi, elle est déguisée en mariée, son visage est adorable et grave, tandis qu'Hélène porte des lunettes de soleil et le coupe-vent jaune qu'elle mettait tout le temps ce printemps-là. Hélène est enceinte d'Anna, ça ne se voit pas encore, elle et moi sommes les seuls à le savoir. À droite, à côté de la couverture de mon autobiographie que j'ai punaisée là comme pour me convaincre que le livre existe bien, que je suis venu à bout de l'entreprise la plus éprouvante de toute ma vie, ce sont encore trois photos d'Hélène mises bout à bout. Elle a quarante-deux ans, elle vient de prendre la direction d'un magazine, et elle pose pour un photographe professionnel. Je ne sais pas ce qu'a éprouvé cet homme en la fixant (ou en la mitraillant stupidement comme le font certains photographes – je me demande constamment si les photographes sont des artistes ou des imbéciles), mais quant à moi je vois aussitôt toute la gravité d'Hélène, toutes ses fragilités et tous ses chagrins derrière les sourires élégants et distants qu'elle affiche. Elle est bien la femme que j'aime, me dis-je, celle qui ne m'écrit plus, celle qui garde désormais pour elle ses secrets. Et je remercie silencieusement ce photographe, dont je ne connais pas le nom, de ne pas l'avoir forcée à être une autre, de s'être satisfait de ce qu'elle voulait bien lui donner. En dessous de ces trois portraits, et comme pour mesurer combien Hélène a changé au fil des années, j'ai accroché une photo de nous deux dans les premiers mois de notre rencontre. Nous sommes à une fête chez mon ami Nicolas, une de ces fêtes où je ne vais plus jamais, nous devons danser car Hélène me tend ses lèvres dans un mouvement d'offrande, ou d'abandon, qui me fait soudain me rappeler que nous sommes allés ensuite nous enfermer dans la salle de bains pour faire l'amour.

Je vais écrire sur ma rupture avec David, ai-je dit à Curtis, mais j'aurais pu aussi bien lui dire je vais écrire sur l'effroi qui me gagne chaque fois que j'approche Hélène, ou encore sur la délitescence de notre famille, sur le soulagement d'Anna de nous quitter l'année prochaine, sur le désarroi qui s'empare maintenant de Coline à l'idée de se retrouver seule entre ses parents. C'est à cela que je pense en me rendant au Monoprix de la rue de Belleville, à tout ce sur quoi je dois écrire impérativement si je ne veux pas sombrer dans l'impuissance et le désespoir, *impérativement*, me dis-je, marquant le pas, puis me remettant à tirer notre vieux caddie noir troué, taché et fané, qui fait tellement honte à nos filles. Il arrive que l'une ou l'autre m'accompagne au Monoprix, mais alors elles refusent absolument de toucher ce caddie. Un caddie, déjà, c'est ridicule, c'est un truc de vieux, dit Anna sur le trottoir, perchée sur ses talons et m'observant avec agacement fermer la maison (comme si je traînais à dessein pour la mettre dans l'embarras au cas où surgirait une de ses amies), mais celui-ci, il est hors de question que je le touche. Vous pourriez au moins en acheter un neuf. – Anna, on s'en fout de ce caddie ! – J'en ai marre d'avoir des parents comme vous qui se fichent de tout, rétorque-t-elle, mais si je dis ce qui me traverse vraiment, tu es trop mignonne, Anna, sur tes talons hauts, avec tes sourcils froncés et ton chignon, tu ressembles de plus en plus à Hélène, alors là elle se met en colère, eh bien toi t'es trop bête, me lance-t-elle, et elle file aussitôt, marchant trois pas devant moi comme si nous ne nous connaissions pas. Je fais escale au conteneur à verre, rue des Pyrénées, une espèce de gigantesque baril en plastique de couleur verte, plein de coulures répugnantes, défendu certains jours par deux ou trois merdes de chien, et tandis que j'enfile dans l'orifice poisseux nos bouteilles de vin et de bière, je ne peux pas m'empêcher de sourire en songeant aux leçons de Coline. Papa et toi, dit-elle à Hélène, vous êtes devenus des alcooliques, et ce qui est le plus grave, maman, c'est que vous n'en avez pas conscience. – T'es vraiment trop bête, lui rétorque aussitôt Anna, avant qu'Hélène ait pu répondre, tu ne sais même pas ce qu'est un alcoolique. Les parents, ils boivent un ou deux verres par repas, c'est rien du tout. – Toi, tais-toi, je parle à maman. – Elle est trop conne, cette fille, soupire Anna. Parfois, Hélène ou moi hurlons : Ce n'est plus possible, Anna tu t'excuses ! Tu ne lui parles pas comme ça ! Mais d'autres fois nous laissons tomber, par fatigue, par découragement. Je ne veux pas penser aux rapports désastreux qu'entretiennent Anna et Coline depuis toujours, pas maintenant, alors que j'ai déjà tant de soucis, et je reviens aux leçons de Coline sur notre prétendu alcoolisme. Ça, au moins, c'est amusant. Mais tiens, me dis-je soudain, ça me rappelle les leçons de David sur la nocivité du tabac. Quel âge pouvait-il avoir à ce moment-là ? Huit ou neuf ans, peut-être. Et déjà la chose me fait moins rire. Penser à David en ce moment me ramène à notre rupture. Et cette histoire de tabac me rappelle de surcroît une autre rupture, celle de mon mariage avec Agnès. David était tombé sous le charme de l'imposteur qui avait emballé sa mère, une espèce de gourou touche-à-tout, bedonnant, barbu et virevoltant, célibataire à quarante ans passés, plein de théories sur la vie, sur la liberté, sur l'éducation des enfants (bien qu'il n'en ait pas, me dis-je), et c'est de cet homme qu'il avait appris l'expérience de la bouteille dans laquelle le fumeur doit souffler pour se figurer ce qui se passe dans ses poumons quand il inhale. Hélène et moi fumions, à cette époque-là, et David nous poursuivait avec sa bouteille vide de Perrier (un cadeau de l'imposteur). Songer qu'aujourd'hui David fume deux paquets par jour, sans compter les pétards, me fait tristement sourire.

La fraîcheur qui me saisit, dès l'entrée du Monoprix, efface par enchantement ce sentiment si lourd, si dégradant, que je ne maîtrise plus grand-chose de notre vie, ni même de la vie en général qui me semble s'effriter par quelque bout que je la saisisse. On pénètre dans le magasin par le vaste rayon des produits de beauté et sous-vêtements pour femmes qui flotte dans une lumière un peu irréelle, étrangement immaculée, de celle qu'on imagine lorsqu'on se surprend à croire qu'il pourrait y avoir une autre vie derrière l'écran noir de la mort. J'ai noté que la plupart des visiteurs semblent heureusement surpris, comme je le suis moi-même, d'entrer dans ce havre de luxe et de fraîcheur après s'être débarrassés de leurs bouteilles vides dans les conditions que j'ai décrites, s'être fait apostropher, et parfois même insulter, par les poivrots de la place Jourdain qui campent là toute l'année sur des matelas pisseux posés à même le bitume, et avoir échappé de peu à la mort en traversant la rue de Belleville. Si heureusement surpris que certains jours, lorsque Hélène m'accompagne, nous parcourons ces allées et remplissons notre vieux caddie de tous ces produits raffinés, comme si nous étions soudain dans l'empressement de vivre, de profiter. Ou plutôt Hélène remplit notre caddie. Elle lit à toute vitesse les notices, repose le truc ou le balance dans le chariot, silencieuse, les sourcils froncés, très concernée par ce qu'elle est en train de faire. Jamais elle ne me demande mon avis parce qu'elle sait que je n'en ai pas, ce sont des produits pour la peau, l'épilation, les cheveux ou les ongles, qu'elle partage avec nos filles. Elle ne se doute pas de l'émotion que j'ai à la regarder, son profil surtout, je veux dire l'entêtement à vivre qu'exprime son profil, entre le galbe du front, le nez droit aux narines si finement déliées, le trait ferme et tendu du menton. Hélène me fait songer à la chèvre de M. Seguin, me dis-je, immobilisé avec mon caddie devant le rayon des shampoings. Mais oui, voilà, comment n'y ai-je pas pensé plus tôt ! Le destin tragique de la chèvre de M. Seguin est la première histoire qui m'a fait silencieusement pleurer, enfant. Nous habitions encore Neuilly, le livre m'avait été offert par ma grand-mère, et j'aurais voulu chaque fois récrire la fin pour que la petite chèvre l'emporte sur le loup et retrouve au matin M. Seguin dont le chagrin me brisait le cœur. Toute la nuit, il avait scruté la montagne espérant qu'elle reviendrait. Et alors je revois Hélène débarquant à la gare de Lyon, Hélène dont le visage est gris et qui marche le dos cassé comme une très vieille dame. Une heure plus tôt, et tandis qu'elle se trouvait dans le train, rentrant de Marseille, je n'avais pas reconnu sa voix quand elle m'avait appelé au secours. Viens me chercher, Marc, ça ne va pas du tout. – Mais c'est toi, Hélène ? – Oui, viens me chercher... Quand je la vois sur le quai, je pense immédiatement qu'elle est en train de mourir et je dis je vais te porter Hélène, mais elle préfère s'accrocher à mon bras et nous allons comme cela, tout doucement, jusqu'aux taxis. Non, dit-elle tout bas, quand elle aperçoit la file d'attente, non, prenons plutôt le métro. Elle n'a presque plus de voix, déjà, mais elle s'imagine qu'on va prendre le métro. Je passe devant tout le monde, les gens commencent à protester, Hélène aussi proteste, mais sans avoir la force de lâcher mon bras, et quand je vois la tête furibarde du taxi je pousse Hélène sur la banquette arrière et je dis seulement à l'hôpital Cochin, vite, on n'a plus le temps pour une ambulance. Je crois que le type a peur à ce moment-là, de moi, qui pourrais parfaitement le tuer, ou qu'il survienne quelque chose de grave dans son taxi, et il roule aussi vite qu'il le peut tout en nous surveillant dans son rétroviseur. À l'hôpital, nous avons la chance de tomber sur le médecin d'Hélène, je me rappelle qu'il partait, qu'il avait déjà enfilé son manteau. Il la fait allonger sur un brancard et je l'entends qui donne des instructions pour que l'on rouvre immédiatement le bloc opératoire. Il est peut-être quinze heures alors. Je l'opère tout de suite, me dit-il, les reins ne fonctionnent plus, elle est en train de s'empoisonner, vous pouvez vous asseoir là ou revenir dans deux heures. Je suis tellement en colère contre Hélène, brusquement, là, toujours arrêté devant les shampoings avec mon infect caddie, que je commence à taper son numéro sur mon portable. Comment a-t-elle pu me faire ça, me dis-je, partir à Marseille pour je ne sais quel reportage idiot alors que la date de l'opération était arrêtée, que son médecin lui avait demandé de ne plus s'éloigner de Paris… Comment a-t-elle pu me faire ça ? Mais elle ne décroche pas, et je ne laisse pas de message. Elle n'écoute jamais ses messages, de toute façon, elle trouve plus rapide de rappeler. Pourquoi es-tu toujours si pressée, Hélène ? maugrée-je, quittant précipitamment le rayon des produits de beauté pour me jeter dans le secteur alimentaire, tout au fond du magasin, que je connais comme ma poche. Pourquoi es-tu toujours si pressée ? Je me souviens qu'au début, avant la naissance de nos filles, tu prenais le temps de m'expliquer ce qu'allait être notre vie, tu avais des discours sur tout, sur la façon dont je devais m'y prendre avec mes enfants, sur la gestion de mon chagrin d'avoir perdu Agnès, sur le livre que je n'arrivais pas à écrire. Je faisais semblant de te croire, parfois, mais c'était tout de même bien de t'entendre. Tandis qu'aujourd'hui tu te tais, tu n'as plus l'air de rien savoir.

Aucune des trois ne mange la même chose, de sorte que je dois songer au menu de chacune. Coline aime les pâtes au fromage, les purées, les sauces au pistou, le gâteau au chocolat avec de la crème anglaise, et, s'il reste du gâteau, c'est encore ce qu'elle préfère au petit déjeuner avec le jus d'orange Monoprix. Anna mange avec parcimonie quelques rondelles de tomates sur des galettes extrafines aux quatre céréales qu'elle tartine de fromage frais à 0 %. Elle se fait parfois un peu de semoule. Hélène confectionne des salades raffinées arrosées de vinaigre balsamique que je suis le seul à apprécier, et elle peut engouffrer jusqu'à deux kilos de fruits par jour. Je veille à ce que chacune ait ce qu'il lui faut, et chaque fois je me fais la réflexion que les courses n'auraient pas cet intérêt, cette intensité dramatique, si toutes les trois mangeaient la même chose, comme dans une vulgaire cantine.

Chaque produit que je choisis est une façon de dire à l'une ou l'autre combien je l'aime, combien je me soucie d'elle, et d'ailleurs Coline ne s'y trompe pas. Dès mon retour (si elle est elle-même rentrée de l'école), elle compare ce que j'ai rapporté pour Anna à ce que j'ai pris pour elle. Bien sûr, t'as pensé à ses carrés frais, la petite chérie, dit-elle, mais t'as oublié mon chocolat… – Merde, c'est vrai, je t'en achèterai demain. – De toute façon y'en a toujours que pour elle, tu t'en fiches complètement de moi. – Arrête, Coline, comment peux-tu dire ça ? J'ai pensé à ton jus d'orange, je t'ai repris du gruyère râpé… Merde à la fin, ton chocolat, tu n'as qu'à aller te le chercher toi-même ! Mais Coline a raison, jamais je n'oublie quoi que ce soit pour Anna parce qu'Anna peut ne rien manger s'il lui manque quelque chose, tandis que Coline a toujours bon appétit, me dis-je, pressé de couper court à ce débat récurrent dont je n'ai pas la solution. Mon émotion, le jour où le docteur Schuller m'a annoncé qu'Anna avait *un petit souffle au cœur*. Oh non ! me suis-je entendu dire tout bas, un peu comme je viens de le faire, là, en constatant qu'il n'y avait plus de carrés frais 0 % pour Anna. Oh non, s'il vous plaît ! Je vais vous envoyer consulter un cardiologue, a poursuivi le docteur Schuller, aussi légèrement que s'il allait me donner l'adresse de son plombier. J'ai prétendu que j'avais un coup de fil urgent à passer et je suis retourné dans la salle d'attente (qui était vide, par chance) où je me suis allongé sur le tapis de tout mon long, luttant pour ne pas céder à la syncope que je sentais venir.

Oui, j'avais pensé que mon cœur allait s'arrêter le soir où j'avais découvert la lettre de David.

Bonjour papa, m'écrit-il.

J'ai vidé et rangé l'appartement.

Je pars demain à New York pour trois semaines.

J'ai gagné largement de quoi payer mes loyers en retard, mais je préfère placer cet argent.

Je n'ai aucun compte en banque qui porte le même nom que mon appartement, aucune adresse légale où je suis attaquable (mes affaires sont dans un débarras depuis un mois) tous ces charmants huissiers vont donc se retourner contre toi.

Tu trouveras les clefs dans ta boîte aux lettres avant le RDV au tribunal.

Je suis content, tu vas pouvoir assumer ton fils camé tranquillement, et essuyer ses dettes, que du bonheur, ça devrait nous faire du bien à tous.

Je t'ai demandé de me laisser tranquille, cela inclut les histoires de fric, tu as signé un papier de caution, ton fils déconne, tu assumes, ça ne me regarde plus.

Je ne veux plus avoir de nouvelles de toi, je ne veux plus entendre le nom d'Hélène.

Je suis horrifié de votre comportement à tous depuis quelques semaines, toi, Hélène, maman et Rodrigo, je n'ai plus rien à vous dire.

Je te prie de ne pas répondre à ce mail.

David

Ce n'est qu'un petit arnaqueur, un petit con, m'avait dit Hélène. Puis, elle s'était tue, mais un moment plus tard elle avait repris, et tu ne peux pas le laisser t'imposer le silence, Marc. Un fils n'impose pas le silence à son père. – Oui, Hélène, c'est vrai, tu as raison, je dois répondre, mais là j'en suis incapable. Abasourdi dans mon fauteuil, tandis qu'elle me caressait les cheveux, j'avais songé qu'un père ne doit pas dire à son fils qu'il est un petit arnaqueur, un petit con, ça, m'étais-je dit, ce sont des mots d'étrangers pour un étranger, Hélène n'est pas sa mère, elle le juge objectivement, sans doute, comme on porte un jugement en lisant un fait divers dans le journal, mais moi je suis son père, je dois trouver des mots qui me maintiennent à ma place, non pas au-dessus, mais *en avant* de lui, des mots qui éclairent son chemin. Il n'a que vingt-six ans. C'est encore ce que je pense, tandis qu'assis à mon bureau j'ai sa lettre sous les yeux, sa lettre que je viens de relire, enfin. Alors il me revient une scène où mon père et moi sommes dans la Peugeot, rue de Provence. Toto sort de son bureau, il est assureur depuis quelques mois seulement, *bon, je file en clientèle*, dit-il à tout bout de champ, c'est son expression. Et moi je l'accompagne, puisque nous n'allons plus à l'école, mes frères et sœurs et moi, que tout s'est effondré autour de nous depuis notre expulsion de Neuilly. Qu'est-ce qu'il me prend, soudain, comme nous passons devant deux ou trois prostituées de les traiter de salopes par ma portière dont la glace est baissée ? Qu'est-ce qu'il me prend ? J'ai deviné que Toto était très critique à l'égard des prostituées, mais je ne saurais pas dire à quoi je l'ai deviné. Et je veux lui faire plaisir, renforcer notre complicité dans ce moment difficile où nous avons le monde entier contre nous. Alors Toto, très calme, tout en conduisant la Peugeot à travers les rues étroites du quartier des assurances : Tu es un peu jeune, mon petit vieux, pour dire ce genre de choses. – Ah bon, mais tu ne penses pas qu'elles sont des salopes ? – Tu sais, la vie est souvent plus compliquée que tu ne l'imagines. Il avait dû penser que j'étais un petit trou du cul, comme je le pense de moi, tant d'années après, assis là à mon bureau, mais il m'avait parlé en père. Il pouvait embobiner l'épicier sous nos yeux, lui refiler un chèque en bois, mentir à notre mère sous nos yeux, pour la faire taire, cette conne, disions-nous, mais jamais il n'oubliait qu'il était notre père dans les grands moments. Jamais il ne nous aurait accablés de son jugement. Et je le revois m'écoutant, l'année où nous avions repris l'école, c'est très dur papa parce que j'ai raté presque trois années, tu comprends ? – Je sais, mon petit vieux, je sais (se mordant le gras du pouce avant de filer en clientèle)... Mais tu vas y arriver, j'ai confiance en toi. Tandis que moi, très tôt, me dis-je, je n'ai plus eu confiance en David. Et je cherche à quand remonte ma défiance à son égard. Ah oui, voilà, au jour où je lui avais passé ma carte bleue pour qu'il aille au tabac acheter des timbres fiscaux pour les passeports. J'étais là à mon bureau, en train d'écrire je ne sais plus quel livre, et lui entrant sans frapper, qu'est-ce qu'on fait pour les timbres fiscaux, p'pa ? – Tu veux y aller ? – T'as du blé à me passer ? – Non, mais tu prends ma carte bleue. – O.K., envoie ! Une heure plus tard, peut-être, je lui avais réclamé le ticket. Je l'ai balancé, p'pa. – Comment ça ? Où l'as-tu balancé ? Je t'ai déjà demandé de me rapporter systématiquement les tickets ! – Ben, c'est pas très grave pour une fois... – Si, c'est grave. David, tu vas rechercher ce ticket immédiatement. – Mais je ne sais pas où je l'ai jeté, moi ! – Tu sais parfaitement dans quelle corbeille tu l'as balancé. Si tu ne vas pas le chercher, c'est moi qui y vais. – O.k., o.k., c'est bon... Il m'avait rapporté le ticket, et là j'avais constaté qu'il s'était acheté plusieurs paquets de cigarettes avec ma carte. Merde, tu me fais chier, David, je ne peux pas te faire confiance ! Quel âge pouvait-il avoir ? Je dirais quatorze ans, l'âge de Coline aujourd'hui. Coline qui prend ma carte bleue, comme le fait Anna, comme le faisait Claire quand elle habitait encore avec nous, et qui jamais ne s'achèterait quelque chose sans m'en demander la permission.

J'entends Anna qui marche au-dessus de ma tête. Elle est donc déjà rentrée du lycée, me dis-je, et je n'ai pas vu passer la matinée. Mais parce que j'ai fait du vélo ce matin... Tiens, j'avais déjà oublié.

En ce moment, il m'arrive sans arrêt de perdre la mémoire, de ne plus savoir ce que j'étais en train de faire un instant plus tôt. Avant même qu'Hélène se lève, j'étais parti, ça me revient. Nous ne nous sommes pas croisés, Hélène et moi, ce matin. J'ai dormi sur le canapé, et aussitôt réveillé je suis parti tourner au bois de Vincennes sur mon *Dangre*. C'est même là que j'ai essayé de me remémorer la lettre de David, avant de prendre la décision de la lire, dès mon retour.

— Tu déjeunes ici, Anna ? (bondissant soudain de mon bureau, ouvrant ma porte et l'interpellant à travers la cage d'escalier sans l'avoir prémédité).

— Oui, on déjeune ensemble si tu veux.

Elle me raconte ce qu'elle a mis dans son devoir de philo, et je dis c'est très bien, très intelligent, je pense que tu auras quatorze ou quinze. Oui, dit-elle, en plus le prof m'aime bien. Elle coupe ses rondelles de tomate, les dispose sur ses galettes extrafines tartinées de fromage frais 0 %, et mange le tout avec satisfaction. Je ne peux pas m'empêcher de sourire en la regardant.

— T'as pas faim, toi ?

— Il est un peu tôt pour moi, ma chérie, je mange juste un peu pour t'accompagner. Qu'est-ce que tu fais cette après-midi ?

Elle répète au Conservatoire avec son orchestre de chambre, et puis elle a baby-sitting à seize heures trente.

— Comme tous les mercredis, papa.

— Ah oui, c'est vrai.

— Peut-être qu'à la fin de l'année tu t'en souviendras.

Maintenant, je regrette de lui avoir fait lire la lettre de David. C'était le lendemain même du jour où je l'avais reçue. Elle m'avait surpris en conversation avec un huissier pour tenter d'obtenir le total de ce que j'allais devoir payer pour mon fils. Qu'est-ce qu'il a encore fait, David ? – Je ne peux même pas t'expliquer, Anna. Je suis trop… Tiens, si tu veux, lis ce qu'il m'a écrit hier soir, ça ira plus vite. Elle était allée sur mon ordinateur, resté posé sur le piano, et elle avait lu. Plusieurs fois, me semble-t-il. Et puis elle était retournée dans sa chambre sans faire de commentaires. Depuis, nous n'avions pas échangé un mot à propos de David. Je voudrais lui dire que ça ne la concerne pas, que c'est une affaire entre lui et moi, qu'il ne faut pas qu'elle se sente gênée à mon égard puisque je suis certain qu'ils se parlent sur Facebook, lui et elle, qu'ils continuent de se parler, mais je ne trouve pas les mots, et surtout j'ai peur que mon émotion, que je ne saurai pas dissimuler, l'effraye. Mais ne m'engueule pas, dit-elle dans ces cas-là, croyant sincèrement que je l'engueule, alors que je suis seulement débordé par mon émotion, ou ma colère contre quelqu'un, mais si rarement contre elle.

— Alors à ce soir, papa, dit-elle après le déjeuner, je vais jouer du violon dans ma chambre avant d'aller au Conservatoire.

— À ce soir, Anna.

De nouveau assis à mon bureau, je relis la lettre de mon fils. Dans le long tremblement qu'elle éveille en moi, il y a un instant furtif où je ne parviens pas à dissimuler un rictus d'écœurement. Je le sais, j'ai repéré le rictus, mais je veux à présent isoler précisément les mots qui le provoquent. Ah voilà, c'est ici, me dis-je, au sixième paragraphe : Je suis content, tu vas pouvoir assumer ton fils camé tranquillement, et essuyer ses dettes, que du bonheur, ça devrait nous faire du bien à tous. C'est ce « que du bonheur » qui me fait immanquablement grimacer de dégoût. Comment peut-il employer une expression d'une telle vulgarité, me dis-je, une expression de présentateur de jeux télévisés, une expression de bonimenteur ? Ce « que du bonheur » est vraiment à frissonner d'horreur. D'une ironie grinçante dans ce contexte, certes, mais tellement déplacé, tellement commun. Je reconnais bien là ce penchant à la trivialité que je n'ai jamais aimé chez mon fils, et aussitôt je le revois ricanant avec ses potes, en Provence, dans le hamac qu'ils avaient suspendu sous les arbres du jardin. Ricanant de tout, n'est-ce pas, tout en buvant du Coca-Cola dont ils laissaient tomber les canettes vides dans l'herbe, et peut-être même ricanant de nous, je veux dire d'Hélène et de moi, qui allions et venions dans le jardin, feignant de ne pas les entendre.

Je suis surpris par la violence de ma colère contre l'adolescent qu'il fut. Entière, intacte, comme si c'était hier, comme s'il ne s'était pas mis à lire depuis (m'empruntant mes livres préférés, et m'en offrant, aussi), puis à faire du vélo, n'est-ce pas, me donnant ainsi à voir qu'il avait pris conscience de tout le travail secret qu'il faut fournir pour ne pas rater complètement sa vie. Je suis surpris, mais je n'en ai pas fini avec la colère, car maintenant j'infirme ce que je me disais tout à l'heure, non, ma défiance à son égard ne remonte pas à cette histoire de carte bleue, pas du tout, elle remonte à bien plus tôt encore, à l'un de nos premiers étés dans notre maison de Provence justement. Le deuxième ou le troisième été peut-être, puisqu'il devait avoir douze ou treize ans. Hélène était à Paris, je me trouvais donc seul avec lui et ses deux petites sœurs, Anna, qui avait quatre ans si lui en avait treize, et Coline, bientôt deux ans (je ne vois pas Claire, elle devait être en vacances avec Agnès et le gourou). Quand les trois étaient au lit, je fermais la maison à clef, le soir, avant d'aller me coucher. Une nuit, j'entends qu'on cherche à ouvrir la porte, la porte métallique et vitrée de la véranda qui est plutôt bruyante. Je me relève, et je découvre David. Il n'était pas loin de minuit et il s'apprêtait à partir. De notre conversation si déplaisante, si humiliante surtout, me dis-je – lui en évadé repris, moi en garde-chiourme –, je me rappelle avoir déduit qu'il s'enfuyait ainsi depuis plusieurs nuits pour passer quelques heures dans les bras de Violaine, une jeune fille du village que je connaissais, qui venait souvent à la maison.

Mais attends, je ne comprends pas, lui avais-je dit, pourquoi tu ne m'as pas dit que tu voulais dormir avec Violaine au lieu de te tirer comme un merdeux ? Il suffisait de me prévenir que tu ne serais pas là cette nuit, je n'ai aucun argument pour t'interdire de dormir avec une fille. Aucun. Il s'était balancé d'un pied sur l'autre, le regard dans le vague, de biais. Ton histoire avec Violaine ne me regarde pas, David, ce que je trouve infernal, c'est que tu te barres en cachette comme si je te terrorisais. Tu comprends ? Tu comprends, là, ce que je t'explique ? Mais il avait continué de se balancer, sans plus rien ajouter, et finalement j'avais dû l'insulter, oui, t'es vraiment qu'un pauvre petit con, tu me fais trop chier, eh bien puisque c'est comme ça remonte te coucher, et maintenant la clef tu devras venir la chercher dans ma poche.

J'avais passé la nuit à remâcher ma colère, merde, m'étais-je dit, pourquoi me transforme-t-il en père fouettard, cet enfant, alors que je n'en ai rien à foutre qu'il aille dormir avec Violaine. Mais il avait fallu une multitude d'autres coups tordus, parmi lesquels les cigarettes payées avec ma carte bleue, pour que je commence à entrevoir que David avait besoin pour grandir que je sois son adversaire, peut-être même son ennemi. Et soudain me revient le coup qui avait fait de moi le procureur de mon fils, celui qui réclamait sa condamnation, son ennemi, oui, en quelque sorte. Après la classe de troisième, qu'il avait complètement ratée, plus aucune école ne voulait de lui, et Agnès était parvenue à lui obtenir une place dans le seul lycée qui enseignait la photo. Il voulait être photographe, disait-il, eh bien voilà, il allait pouvoir tout apprendre de ce métier, et même passer son bac dans cette filière. Il y était depuis deux ou trois semaines quand le proviseur m'avait appelé au milieu de la matinée, venez reprendre votre fils, monsieur, il vient d'être exclu définitivement de notre établissement. – Mais comment ça ? Qu'est-ce qu'il a fait ? – Je ne peux rien vous dire au téléphone, on vous fera le compte rendu du conseil de discipline. – J'arrive, je serai chez vous dans moins d'une heure. J'étais en train d'écrire, j'avais dû abandonner mon manuscrit aux heures les plus fécondes de la journée – à part mon fils, personne n'a jamais osé me déranger le matin depuis vingt-cinq ans que j'écris. Le conseil était revenu siéger, tel un tribunal, quand ses membres avaient appris que j'étais dans les murs, et on m'avait fait entrer. Nous cherchions depuis quelques jours l'élève qui avait tagué la porte des toilettes, qui venait d'être repeinte, comme l'ensemble des locaux, du reste, m'avait expliqué sèchement une femme après m'avoir prié de m'asseoir. Eh bien nous l'avons trouvé, c'est votre fils. Il a d'abord nié, avant d'être contraint d'avouer quand nous avons découvert les bombes de peinture dans son sac à dos. Le conseil a voté son exclusion définitive à l'unanimité. – Simplement pour un tag, avais-je remarqué. – Je crois, monsieur, que vous ne prenez pas la mesure... – Si, pardonnez-moi, madame, je me suis mal exprimé. Et là, j'avais entrepris de m'humilier pour cet imbécile, pour ce petit con, m'étais-je dit sur le coup, revivant à mon bureau la honte que j'en avais éprouvée sur le moment. Je vous en supplie, vous ne pouvez pas faire ça, c'est une bêtise d'adolescent, pour la première fois mon fils est heureux dans une école. – Nous sommes bien conscients de la difficulté dans laquelle nous vous plaçons, mais il n'est pas question que le conseil revienne sur sa décision. – Donnez-lui encore une chance, s'il vous plaît, je suis prêt à prendre à ma charge tous les frais de restauration des toilettes, et même plus s'il le faut. – N'insistez pas, monsieur, la séance est close, nous allons faire appeler votre fils. Ce jour-là, je l'avais insulté, tu me fais honte, David, tu n'es qu'un petit-bourgeois de merde sous tes airs de rebelle, on se casse le cul pour t'aider et tu bousilles tout, aller taguer la porte des chiottes ! mais ça t'apporte quoi, pauvre con ? tu veux leur signifier qu'ils te font chier ? tu te prends pour un artiste méconnu ? mais qu'est-ce qu'ils en ont à foutre de toi ? la preuve, ils te virent dans les cinq minutes ! Il y avait plus de trois cents candidats pour entrer dans ce bahut, ils t'ont pris parce qu'Agnès s'est battue pour toi, et voilà le résultat ! Tu me fais chier, David ! Tu me fais chier au-delà de ce qu'un homme peut supporter. En tout cas, moi. Moi, venant d'où je viens, je ne pourrai jamais supporter que tu gâches toutes les chances qu'on te donne.

C'est amusant comme toute la scène m'est revenue d'une traite, me dis-je, toujours assis à mon bureau et ne faisant rien d'autre que réfléchir devant la lettre épouvantable de mon fils. Je devrais peut-être la noter, me dis-je, pour le livre que je dois écrire. Oui, mais il n'y a rien de plus emmerdant que d'essayer de reconstituer les termes d'une scène qui vous est venue d'un bloc, en tous points parfaite, croyez-vous, et que vous allez maintenant forcément massacrer en rétropédalant dans votre mémoire plutôt que de continuer à réfléchir. Je rêve depuis l'année de mes vingt ans, peut-être, d'un enregistreur qui serait branché en permanence sur mon cerveau et capterait tout ce qui me traverse. Un enregistreur que je pourrais consulter le soir avant de me coucher pour récupérer des tirades entières. Je me souviens de ma tristesse, lors de nos premiers voyages en auto-stop avec mon frère Nicolas, le photographe, quand j'avais le sentiment d'écrire des choses magnifiques dans ma tête, assis dans la benne d'un camion ou à l'arrière d'une voiture, et de les perdre irrémédiablement. Quel dommage, me disais-je, j'aurais bien voulu voir écrit tout ce que je viens d'imaginer, je suis presque certain que c'était extraordinaire. Oui, mais c'était trop tard. Aujourd'hui, je pars rarement à vélo sans un petit enregistreur que je glisse dans ma chaussette droite, mais ce que je lui confie, deux ou trois phrases qui me viennent, n'a rien à voir avec ce qui nous traverse à certains moments de grande agitation.

Des années plus tard, nous avions tenté de nous comprendre, David et moi. J'avais fini par le mettre à la porte de la maison, l'année de ses dix-huit ans. On ne se parlait plus, et soudain tout cela m'avait paru intolérable. Tu ne veux pas qu'on essaye de s'expliquer, lui avais-je proposé au téléphone. On enregistrera nos conversations, tout ce qu'on a sur le cœur l'un contre l'autre, pour que ça ne soit pas perdu, pour qu'on puisse le relire chacun dans son coin, et de cette façon on arrivera peut-être à comprendre ce qui nous est arrivé. – Ouais, pourquoi pas ? – Alors prenons rendez-vous, j'apporterai mon enregistreur. Il avait vingt ou vingt et un ans, à ce moment-là, et il louait avec des potes l'appartement parisien d'Agnès, sa mère, partie rejoindre le gourou dans le Midi.

J'essaie de me remémorer ces conversations dont j'ai perdu les enregistrements. Mais non, me dis-je, c'est toujours lui qui doit les avoir parce qu'il avait voulu qu'on utilise son enregistreur ultramoderne sans bandes magnétiques, plutôt que le mien qui fonctionnait encore avec des cassettes. Une seule question m'obsédait, en vérité, pourquoi s'était-il acharné à faire de moi son ennemi, son redresseur de torts, alors que dans mon souvenir un père et un fils étaient *forcément* complices ? Il avait ri, mais papa qu'est-ce que tu peux comprendre à ce que j'ai vécu ? À certains moments j'étais à la limite de me foutre en l'air. – J'étais là, David, on aurait pu se parler. – T'étais là et t'étais pas là, dans tes trucs de tribunaux avec maman, dans ton histoire avec Hélène, et sinon tout le temps dans tes bouquins. Tu m'as bien fait chier avec tes bouquins. – C'est mon travail, David, le seul travail qui compte à mes yeux, je n'allais pas te le sacrifier quand même? Moi, mon père était représentant, je ne l'ai jamais emmerdé avec mes petits problèmes, j'ai toujours pensé que je devais l'aider, et c'est ce que j'ai fait, d'ailleurs, dès l'âge de dix ans je l'ai aidé. – Mais toi tu n'as pas eu d'adolescence, papa, c'est bien le problème. – Ben si, quand même… – Attends, tu m'as bien dit que la première fille avec laquelle tu avais couché, c'était maman, non? – Oui, c'est vrai. – Et tu avais quel âge? – Vingt ans, presque vingt et un, c'était à mon retour du Maroc. Il avait éclaté de rire dans mon souvenir, mais je me demande maintenant s'il n'avait pas plutôt ricané à sa façon, longuement, me tapant sérieusement sur les nerfs, car j'avais poursuivi, un peu agacé, me semble-t-il – C'est un des paradoxes de notre histoire commune, David, tu as toujours brûlé les étapes, faisant pour la première fois l'amour à douze ou treize ans, t'affranchissant de l'école à quatorze, tandis que j'ai toujours été en retard, mettant bien plus de temps que toi à comprendre les choses.

Ce qui me met en colère, me dis-je soudain, incapable d'aller plus loin dans la reconstitution de nos conversations, c'est que David m'a constamment mis en échec. Il a fait de moi un mauvais père, tandis que je suis un bon père aux yeux de mes trois filles, je le sais. Mais quelle étrange façon de penser, me dis-je alors, s'il a fait de moi un mauvais père, c'est sans doute qu'auparavant j'avais fait de lui un mauvais fils. Bien sûr, bien sûr. Lui, comme tous les enfants, il attendait ingénument d'être aimé pour ce qu'il était, et c'est moi qui ne l'ai pas aimé tel qu'il était, espérant sans me l'avouer qu'il soit un enfant différent, et probablement très exactement semblable au petit garçon que je fus, tiens, silencieux et docile, plein de vénération pour son père et prêt à le suivre dans tous ses combats. Or David n'a jamais été ni silencieux ni docile, me dis-je, et il me revient combien il était déjà brutal et revendicateur, à deux ans seulement, lorsque se glissant dans notre lit certains matins, entre Agnès et moi, il s'adossait au corps de sa mère pour me pousser hors du lit à coups de pied et de poing. Jamais je n'aurais fait une telle chose au même âge, me dis-je, souriant de la hargne de mon fils à deux ans seulement, mais sourdement en colère contre lui, malgré tout, avant de chercher en vain le souvenir d'un matin où j'aurais pu me retrouver dans le lit de mes parents. Je pense qu'aucun de nous dix n'a jamais été admis dans le lit de nos parents, étais-je en train de penser quand mon téléphone portable a sonné.

Quel soulagement de voir s'inscrire soudain le prénom de Claire !

— Ça va, papa ? Je ne te dérange pas ?

— Non, pas du tout, j'étais en train de réfléchir.

— J'ai trouvé un appartement, il faudrait que tu viennes le visiter.

— Quand tu veux, ma chérie.

— Ça serait possible ce soir, tu crois ? Parce qu'il y a au moins dix autres personnes sur le coup.

— Oui, allons-y ce soir, rappelle-moi pour me dire l'heure. Je mettrai un costard pour faire le mec plein aux as.

— D'accord.

La preuve que je suis un bon père, c'est que Claire, en dépit de ses vingt-deux ans, n'entreprend jamais rien d'important sans m'avertir et me demander conseil. La preuve que je suis un bon père, me dis-je encore, c'est que c'est moi qui ai exigé qu'elle déménage après le second incendie dans son immeuble. Le premier était d'origine criminelle. Quelqu'un était venu mettre le feu, une nuit, à la porte d'entrée du studio situé en dessous de celui de Claire. Les flammes avaient ravagé tout le palier, chauffé le sol du studio de Claire au point qu'elle s'était brûlé les pieds en se levant. Ses voisins, un couple de jeunes mariés, n'avaient pas jugé utile de la réveiller avant d'aller eux-mêmes se réfugier sur le toit de l'immeuble, avec leur chien, en attendant les pompiers. Plus tard, Claire et moi avions rencontré l'inspecteur chargé de l'enquête, un jeune flic très aimable, curieux de tout, dont je cherche soudain à me remémorer le nom (alors que ça n'a aucune importance), et Claire lui avait indiqué que depuis deux mois environ elle entendait des coups sourds toutes les nuits dans le studio qui avait été incendié. D'autres locataires m'ont parlé de ces bruits, nous avait dit l'inspecteur. Il avait donné à Claire son numéro personnel au cas où les coups se reproduiraient, et promis de nous tenir au courant. Nous n'avions plus eu de nouvelles, et voilà que le local des poubelles avait été incendié et qu'à présent il n'y avait plus ni lumière dans la cage d'escalier ni ascenseur ni digicode. En somme, n'importe qui pouvait entrer au milieu de la nuit et transformer cet immeuble en torche. Bon, maintenant ça suffit, Claire, avais-je dit, tu vas revenir dormir à la maison en attendant de trouver un autre appartement, je ne veux plus que tu remettes les pieds dans cet immeuble. Je me répète cette phrase avec satisfaction, trois ou quatre fois, bon, maintenant ça suffit, Claire… elle me donne un sentiment réconfortant de puissance au moment où mon impuissance est devenue telle que mon fils peut m'insulter, se foutre ouvertement de ma gueule, tout en me plaçant dans l'obligation de payer toutes ses dettes, et au moment où je préfère dormir comme un chien sur le canapé plutôt qu'affronter l'effroi qui me saisit à l'instant de me glisser dans notre lit auprès d'Hélène. Repenser à ce tremblement, désormais associé à son prénom, à son visage, à sa silhouette, me fait lâcher la lettre de David et quitter précipitamment mon bureau pour grimper à l'étage au-dessus, dans notre grande pièce, où je n'ai pourtant rien à faire d'autre que marcher de long en large.

Quel déchirement, me dis-je, au moment où Hélène me ferme au nez la porte de notre chambre, le soir. Quel déchirement. Et je me demande combien de temps encore je vais pouvoir supporter cette souffrance avant de devoir faire quelque chose, prendre une initiative quelconque. Partir, ou plutôt *re*partir, puisque deux ans plus tôt, et tandis que j'écrivais mon autobiographie, j'avais loué un appartement et m'étais enfui. Ou tomber malade. Mais tomber malade me ferait honte, me dis-je, allant et venant fébrilement dans notre grande pièce, tomber malade est le recours des faibles, celui qu'avait utilisé notre mère après l'expulsion de Neuilly pour ne pas avoir à supporter le cauchemar qui s'annonçait, son humiliation, son déclassement, notre misère offerte en spectacle aux ouvriers de la cité dans laquelle on nous avait relogés. Elle avait prétendu être folle et Toto nous avait débarrassés d'elle en la confiant à des bonnes sœurs. Tomber malade me ferait horreur, me dis-je, Hélène et nos filles venant à mon chevet une ou deux fois par semaine, comme nous venions au chevet de cette conne qui nous décrochait le cœur de son regard griffu. Cependant, Hélène ne ferme jamais la porte, me souviens-je avec soulagement, sans avoir tenté encore une fois de me convaincre. Je me couche, mon chéri, tu viendras me rejoindre ? – Non, je vais dormir sur le canapé. – Tu ne dors pas, je t'entends marcher la nuit… – Je ne dors pas non plus à côté de toi, Hélène. – Tu ne veux pas essayer encore une fois ? Juste une fois, pour me faire plaisir (s'approchant alors de moi et me caressant furtivement le visage). – Non, tu sais bien que je ne peux pas, mon cœur va se remettre à cogner, je vais te transmettre mon angoisse, t'empêcher de dormir, et finalement je vais me relever. – Bon, fais comme tu le sens alors. Bonne nuit, mon chéri. À l'instant où elle ferme la porte, la douleur est telle, parfois, que je tourne sur moi-même comme une toupie. Il m'arrive alors de feindre de me mettre à lire dans mon fauteuil habituel, mais mon cerveau n'enregistre rien de ce que mes yeux lisent, et cette espèce de mise en scène destinée à me prouver que tout va bien, qu'il n'y a rien d'anormal à laisser sa femme se coucher seule tandis qu'on lit le dernier livre de Philip Roth, produit l'effet exactement inverse : amenuisant ma vigilance, elle laisse l'angoisse me submerger, jusqu'à ce qu'au bord des sanglots, ou de la folie, je descende les quatre étages de notre maison en courant pour me jeter dans la rue.

Le terre-plein central du boulevard de Belleville est l'endroit où je me sens le mieux pour marcher la nuit, me dis-je, et je sais bien pourquoi, parce qu'il est plongé dans un profond crépuscule et que personne ne peut me voir, de sorte que ce boulevard que je déteste, où tout est si laid, n'est-ce pas, peut aussi m'apparaître comme un lieu de bien-être, et j'allais même dire un lieu de refuge (et sans doute est-ce la même chose pour la femme qui vient y dormir le long de la barrière de chantier, avec son caddie de supermarché rempli de saloperies). Songeant au profond crépuscule du boulevard de Belleville, tandis que je continue d'aller et venir fébrilement dans notre grande pièce baignée de lumière, il me revient quel soulagement j'avais éprouvé, deux ans plus tôt, alors que j'arpentais Paris la nuit pour fuir le lit d'Hélène, déjà, en entrant dans un hôtel où j'avais demandé une chambre. Je m'y étais engouffré avec l'empressement du fugitif à qui l'on offre enfin une cachette sûre, j'avais fermé ma porte à double tour et dormi une dizaine d'heures sans même avoir pris la peine d'enlever mes chaussures. C'était cette première nuit à l'hôtel qui m'avait convaincu de prendre un appartement. Oui, mais à l'époque, je n'avais pas avoué à Hélène que le tremblement qui me gagnait aussitôt que je me couchais près d'elle était dû à sa présence. J'avais prétendu qu'écrivant mon autobiographie, et revivant certains souvenirs d'enfance qui m'épouvantaient, je ne parvenais plus à trouver le sommeil. D'ailleurs, je m'en souviens maintenant, j'avais également essayé de m'en convaincre moi-même, ne comprenant pas comment Hélène, qui illuminait ma vie le jour, à laquelle je pensais sans cesse avec passion, avec désir, pouvait me précipiter la nuit dans cette espèce de tremblement qui avait fini par me rendre complètement impuissant.

Brusquement, me revient à l'esprit l'explication que je m'étais donnée. J'avais dû revivre pour mon livre tous les épisodes de cette nuit où notre mère était venue se cacher sous l'armoire dans l'espèce de débarras qui me tenait lieu de chambre après l'expulsion. Or, avant qu'elle découvre l'endroit où se cacher, pour faire croire à notre père qu'elle avait pu s'enfuir, ou se suicider, elle avait erré un moment autour de mon lit et l'idée m'était alors venue qu'elle allait peut-être essayer de me tuer. C'était idiot, sans doute, mais elle feignait si bien d'être folle depuis quelques mois, hurlant sans arrêt et se jetant sur son lit pour sangloter, que plus rien ne me paraissait impossible venant d'elle. Sans même compter que je ne l'avais jamais aimée, même au temps de Neuilly, et que je savais parfaitement combien je la décevais par mon physique, étant du côté de Toto, n'est-ce pas, plutôt que de son côté à elle, comme l'étaient mes frères aînés, élancés et distingués, disait-elle. Tout cela, je le savais parfaitement. Jamais, de toute ma vie, mais je n'avais alors que dix ou onze ans, mon cœur n'avait cogné comme cette nuit-là tandis que je pensais qu'elle allait peut-être essayer de me tuer. Écrivant la scène pour mon autobiographie, tant d'années après, je m'étais remis à trembler, de sorte qu'aussitôt j'avais fait le lien avec ma peur inexplicable d'Hélène, la nuit seulement, au moment de me coucher. Mais bien sûr, m'étais-je dit, c'est le spectre de notre mère qui rôde autour de notre lit, s'incarnant en Hélène aussitôt que nous éteignons la lumière, de sorte que je prête à Hélène, sans le vouloir, à Hélène que j'aime tant, le dessein secret de vouloir me tuer. C'était une explication à la fois effrayante et réconfortante. Plus je m'éloignerai de mon enfance au fil du livre, me disais-je, plus ma peur s'estompera. Mais en attendant, la honte m'interdisait absolument d'avouer quoi que ce soit à Hélène – susceptible comme elle l'est, me disais-je encore, elle va faire sa valise et me quitter dans la seconde même où je lui avouerai que je la prends pour ma mère. D'ailleurs, quelle femme supporterait que son mari la confonde avec l'effigie de sa mère (et soit de surcroît assez bête pour le lui dire) ?

Les mois que j'avais passés dans cet appartement figuraient à présent parmi les souvenirs les plus émouvants de notre vie commune. Nous avions l'un et l'autre retrouvé le sommeil. Hélène ne commençait pas une journée sans m'adresser par texto quelques mots d'amour que je recopiais dans un carnet et accrochais parfois au mur de la pièce où j'écrivais. Celui-ci, par exemple, que je n'ai jamais oublié, qui me revient comme si c'était hier, je t'aime, tu es le trésor et la grâce de ma vie, tout ira bien. Mon Dieu, me dis-je, depuis quand ne m'a-t-elle plus écrit quelque chose d'aussi beau ? Et aussitôt je lui envoie un message depuis mon téléphone, Hélène, j'ai honte de te demander ça, mais peux-tu m'écrire quelques mots qui soient capables de me réconforter, là, tout de suite ? Si elle ne me répond pas, me dis-je, si elle ne trouve rien à me répondre… Et continuant d'aller et venir dans notre grande pièce, mon téléphone à la main, plein d'espoir en la capacité d'Hélène à faire de moi un homme heureux en dépit de tous les soucis qui m'habitent, je repense soudain à ce jour de l'hiver dernier où il m'a semblé que pour la première fois elle perdait confiance. J'avais rendu mon appartement, nous avions repris la vie commune, notre lit commun, or voilà qu'après quelques mois de bonheur presque paisible, mon cœur s'était remis à cogner le soir. Une nuit sur deux je m'enfuyais, ou montais dormir sur le canapé. Nous nous étions retrouvés pour déjeuner, et là, pour la première fois, donc, elle avait eu ces mots qui m'avaient terrifié, Marc, je crois que ça commence à m'atteindre. – Quoi Hélène ? – Que tu ne puisses plus dormir avec moi. – Oh non, s'il te plaît ! Si toi tu te mets à en souffrir, alors je ne sais pas ce que nous allons devenir. Il faut que tu continues à t'en moquer, Hélène, ça va passer, tu sais bien que ça va passer… – Mais je ne comprends pas… Est-ce que ça vient de moi ? – Je ne sais pas. Comment ça pourrait venir de toi ? Depuis que j'ai écrit ce gros livre, mon autobiographie, j'ai réveillé tous mes cauchemars et je crois que je m'empêche de dormir, par peur. – Mais par peur de quoi, mon chéri ? J'avais failli dire par peur que tu me tues dans mon sommeil, mais par chance je ne l'avais pas dit. Par peur de revivre des choses pénibles, avais-je lâché, mais nous n'allons pas parler de ça maintenant… Et soudain la clochette de mon téléphone, Hélène qui me répond, je suis fière de nous, de nos filles, les trois, de la vie que nous avons faite. Si Hélène est fière de nous, me dis-je, je suis réconforté, c'est que ma folie ne nous pas encore entamés au point de nous mettre en danger.

Elle est fière de nos trois filles, m'écrit-elle, dont Claire, qui n'est pas la sienne, mais celle d'Agnès. Et brusquement je déborde de tendresse pour Hélène en me remémorant combien elle a aimé Claire, dès le premier jour, Claire qui n'avait que trois ans quand elles se sont connues. D'ailleurs, toutes les photos sont là, il m'arrive de les étaler sur mon bureau et de passer la matinée à les regarder, à la loupe pour certaines. Claire sur les genoux d'Hélène, qui lève soudain son visage adorable vers le sien parce qu'elle ne comprend pas un truc dans le livre qu'elles sont en train de lire. Claire qui boude sur la plage de Soulac tandis qu'Hélène l'observe de loin, ses cheveux bruns frisés dans le vent, un peu triste de ce qui arrive. Et puis Claire faisant sucer son trognon de pomme à Anna, qui vient de naître, qui ne doit pas avoir plus de trois mois, sur le lit de notre hôtel, pendant qu'Hélène, qu'on aperçoit de dos, range un peu la chambre. Bien sûr, elle ne parle pas de David dans son texto, ce petit arnaqueur qui se moque de toi depuis des années, Marc, pense-t-elle, ce garçon qui n'a qu'un objectif, c'est de te soutirer du fric parce qu'il pense que tu le lui dois, mais il a peut-être raison, d'ailleurs, peut-être qu'il pense légitimement qu'Agnès et toi vous lui devez du fric en réparation de je ne sais quoi, ça ne m'intéresse pas, je n'ai même pas envie d'en parler, je le trouve tellement décevant, manipulateur, déloyal… Ça ne m'intéresse pas, mais en même temps je ne te critique pas, Marc, je trouve que tu as eu raison d'avoir cru en lui, de lui avoir passé de l'argent quand tu as pensé que le projet en valait la peine. Tu étais dans ton rôle, mais moi il ne m'intéresse plus, je ne suis pas sa mère, je ne suis tenue par aucun devoir à son égard. Les mots d'Hélène, me dis-je. Je les retrouve parfaitement. Elle réagit de la même façon chaque fois que quelqu'un la déçoit. Elle efface ses numéros de téléphone de tous ses carnets, en fronçant les sourcils, entêtée comme la chèvre de M. Seguin, elle ne veut plus en entendre parler, et quand ce nom-là revient dans la conversation, à table par exemple, elle fait mine d'aller chercher le sel, ou une autre bouteille de vin. Elle disait Agnès et Rodrigo ont essayé de capter David, Marc, de l'éloigner de toi, au début, quand il avait huit ou neuf ans, et ça a plutôt bien marché, d'ailleurs, tu te souviens comme David était séduit par Rodrigo ? Il ne parlait que de lui quand il passait à la maison. Jusqu'à ce que Rodrigo l'humilie et que David ne veuille plus le voir. Mais je crois qu'à ce moment-là le mal était fait, David n'a plus eu de place nulle part, et en plus, Marc, il a eu le sentiment de t'avoir trahi pour ce pauvre mec, cet imposteur. Ah oui, Hélène, me dis-je, je me souviens parfaitement combien David a aimé le gourou, croyant à toutes les âneries qu'il lui racontait, qu'il était agent double, que plus tard, lui, David, pourrait s'acheter une mobylette en revendant ce simple timbre-poste rapporté d'Ushuaia et dont la valeur allait prétendument décupler, que lui, Rodrigo, s'était en partie brûlé les yeux à force de regarder le soleil depuis les plus hauts sommets du monde, le mont Blanc, la cordillère des Andes, l'Himalaya et j'en passe. Je crains que cet imbécile de Rodrigo se prenne pour Michel Strogoff, avais-je un jour murmuré à l'oreille d'Hélène tandis que nous écoutions mon fils nous rapporter ses exploits.

Toi, papa, dit Coline, t'as vraiment la vie parfaite. Tous les matins t'écris tes petits livres dans ton bureau, et quand t'en as marre tu montes marcher dans le salon. Ou tu t'en vas sur ton vélo, pom pom pom, monsieur a fini sa journée, il s'en va se promener. En plus, t'as toujours la même vieille chemise, personne qui te donne jamais des ordres. – En ce moment, Coline, ce n'est pas vraiment pom pom pom dans ma tête si tu veux savoir. – Voilà, tout de suite tu le prends mal, alors que je te disais quelque chose de gentil. – Excuse-moi, ma Coline. Je peux m'asseoir à côté de toi et prendre un peu de ton gâteau ? – Oui, mais pas trop. L'autre jour, j'ai même dit à maman : Papa, c'est vraiment le mari idéal. Alors qu'elle, hein, je me demande ce que tu lui trouves… – Ah oui, parce que tu ne la trouves pas jolie, ta maman, peut-être ? – Si, mais bof bof. – Oui, bon, arrête avec ça. – T'es toujours de mauvaise humeur, de toute façon, on ne peut rien te dire. Et c'était à ce moment-là que Claire avait appelé. Oui, ma chérie, tout de suite, ma chérie, j'arrive, m'avait imité Coline tandis que je répondais à Claire. Bien sûr, quand c'est Claire qui t'appelle, m'avait-elle lancé tout en finissant son goûter, tu es de très bonne humeur. Tu crois que je ne le vois pas que tu la préfères ? – Je t'aime, Coline, je ne sais pas comment te le dire. – Non, David et moi, on est les mal-aimés dans cette famille. – Coline, je dois rejoindre Claire pour visiter un appartement, tu m'excuses, ma chérie, à tout à l'heure. – C'est ça, c'est ça, comme si elle avait toujours besoin de toi, à vingt-deux ans, pour s'occuper de sa vie ! – Mais merde, Coline, t'es trop chiante, à la fin, tu sais bien qu'elle ne peut rien louer si je ne suis pas caution... Me répétant tout cela tandis que finissant de boutonner mon costume je marche à grands pas vers le lieu de la visite. Mais tiens, me dis-je, reconnaissant brusquement la rue, c'est ici qu'habitait la psy chez qui je conduisais Coline quand elle était petite. Et bien que je sois pressé, j'entre dans le petit immeuble pour voir si cette conne y a toujours son cabinet. Oui, absolument, sa plaque est là. Alors qu'elle commençait tout juste à écrire des petites histoires, avec déjà beaucoup de talent, j'avais offert à Coline l'un de mes stylos. C'était une façon de lui dire combien je l'aimais, puisque les stylos ont toujours tenu une grande place dans ma vie. Coline avait dû le raconter en séance, parce qu'à la fin la psy m'avait fait entrer. Vous n'ignorez pas, monsieur, la portée symbolique d'un tel cadeau. – Non, en effet, Coline et moi partageons un grand intérêt pour l'écriture. – J'entends bien, et c'est votre droit, ce n'est pas ce que je conteste. Je veux parler du symbole phallique de ce présent, qui n'a pas pu vous échapper, n'est-ce pas ? – Pardon ? – Voulez-vous dire que vous n'avez pas eu conscience, offrant ce stylo à votre fille… – C'est épouvantable ce que vous me dites, non, je n'ai pas eu conscience… Tenez, voilà votre chèque, je n'ai pas envie d'en entendre plus. J'avais récupéré Coline et appelé Hélène aussitôt rentré à la maison. Hélène, je crois que cette cinglée me soupçonne de trucs pas possibles parce que j'ai donné un de mes stylos à Coline, est-ce que tu peux croire une chose pareille ? Je m'attendais à ce qu'Hélène éclate de rire, cela m'aurait fait du bien, mais pas du tout, je suis désolée mon chéri, m'avait-elle dit, vraiment désolée, tu ne mérites pas ça, cette femme est complètement idiote, et la séance suivante elle était allée le lui dire en face et je crois que Coline n'y était plus retournée.

Bien sûr qu'on va l'avoir, avais-je dit à Claire après la visite, on a le meilleur dossier, et je suis sûr qu'on a plu à la dame de l'agence. – Tu crois ? D'habitude tu ne te trompes pas. Ça serait trop bien ! – Je ne me trompe jamais, avais-je dit bêtement, me rengorgeant dans mon costume, chaque fois que je t'ai prédit quelque chose c'est arrivé. – Oui, ça c'est vrai. Je pensais qu'on allait se séparer sur le trottoir, Claire ayant toujours des tas d'amis à rencontrer en fin d'après-midi, mais elle m'avait demandé si j'avais le temps de prendre un café. Et aussitôt assise elle s'était mise à parler, ses mains tremblant légèrement, exactement comme Agnès quand elle était émue, avais-je pensé. Qu'est-ce que tu vas faire pour David, papa ? – Il s'est comporté comme un salaud, Claire. Mais attends, j'ai besoin que tu me rassures : tu ne savais pas, n'est-ce pas, que depuis un mois il me préparait ce coup dégueulasse, qu'il déménageait son appartement en douce avant de se tirer à New York et de me laisser toute sa merde ? – Bien sûr que non ! – Ah, merci, Claire, merci, je m'en doutais, mais j'avais besoin que tu me le dises. – Je ne comprends pas pourquoi il a fait ça. – Moi non plus, ma chérie, mais c'est un acte prémédité, d'une violence inouïe, qui marque la fin de quelque chose. – Qu'est-ce que tu veux dire ? Que tu ne vas pas le revoir ? – Je ne sais pas, je ne peux pas relire sa lettre sans trembler. Je ne lui ai toujours pas répondu, d'ailleurs. – Mais tu le reverras ? – Je ne sais pas, Claire. Et là, elle s'était mise à pleurer. Papa, tu nous as toujours dit que quoi qu'on fasse dans la vie, tu serais toujours là. – C'est vrai, ma chérie, je vous l'ai toujours dit. Mais j'aurais préféré qu'il braque une banque. Je serais allé le voir en prison, ça n'aurait rien changé entre nous. Tandis que ce qu'il m'a fait, là, c'est tellement lâche, tellement dégueulasse... – Oui, mais tu disais que quoi qu'on fasse, quoi qu'on fasse, papa, et maintenant... Si toi tu nous abandonnes, alors on n'a plus personne. – Je t'en supplie, Claire, ne pleure pas comme ça, tu me fais trop de peine. Et à ce moment-là seulement, mais parce que le chagrin de Claire m'était insupportable, j'avais commencé à faire machine arrière, à savoir ce que j'allais bientôt répondre à David. Je ne vais pas l'abandonner, Claire, avais-je dit, comme si ça allait de soi, soudain, bien sûr que non, je te le promets. Jamais je ne vous abandonnerai, quoi que vous fassiez, ni lui ni aucune de vous trois, tu le sais bien, voyons. – Alors qu'est-ce que tu vas faire ? était-elle revenue à la charge en s'essuyant les yeux. – Voilà, ne pleure plus, avait-je dit. Je ne sais pas encore, ma chérie, mais je vais trouver un moyen de laisser la porte ouverte. Je te le promets. Et maintenant, rentrant à la maison après avoir embrassé Claire sur le trottoir, j'essaie de me remémorer comment les choses se sont enchaînées pour que David en arrive à m'arnaquer avec tant de hargne, tant de pugnacité, avant de m'écrire une telle lettre.

Un matin de février, tandis que je relisais à mon bureau les épreuves de mon autobiographie qui allait bientôt paraître, il m'avait appelé de Los Angeles. Oui, voilà, c'était comme ça que tout avait commencé. Florence est enceinte, papa. – De toi, tu veux dire ? – Ben ouais. – C'est une bonne nouvelle ? – Elle vient de me réveiller au milieu de la nuit pour me l'annoncer, là je ne sais pas trop quoi te dire. – O.k., rendors-toi alors, on se rappelle quand ce sera le matin pour toi. À deux ou trois reprises, lors de nos déjeuners, il m'avait dit que Florence, qu'il avait rencontrée récemment, voulait un enfant. Elle avait trente-trois ans, c'était assez naturel. Et toi, lui avais-je demandé, tu envisagerais d'être père ? – Oui, pourquoi pas ? – C'est un engagement pour toute la vie. – Ouais, ça je sais, mais on ne raisonne plus comme dans votre temps, papa. Moi, ça ne me choque pas d'avoir un enfant et de ne pas vivre avec sa mère. – Ah bon. Eh bien moi je préfère vivre avec la mère de mes enfants. – Oui, merci, on a vu, sinon t'aurais pas tiré cette tronche quand maman t'a quitté. – Le mot est faible, David ! Il avait éclaté de rire, et moi aussi. Quelques heures plus tard, il m'avait rappelé de Los Angeles pour me confirmer que j'allais être grand-père, qu'il était super content, il me semble que ce fut son expression, super content, et à ce moment-là j'avais réalisé que je ne connaissais pas Florence. J'avais bien connu quelques-unes des petites amies de David, certaines étaient venues en Provence, dans notre maison, mais je n'avais dû croiser Florence qu'à deux reprises et j'avais même du mal à me représenter son visage.

À son retour de Los Angeles, David et moi nous étions retrouvés dans les locaux de sa maison de production. Il avait voulu me montrer sur son ordinateur les images qu'il avait réalisées aux États-Unis, mais pour des raisons techniques ça n'avait pas été possible. Je t'enverrai le lien, tu les regarderas chez toi, m'avait-il dit, un peu énervé, ou plutôt blessé – pour une fois que je semblais avoir tout mon temps pour juger de la qualité de son travail. Nous étions descendus déjeuner dans le restaurant le plus proche où il avait ses habitudes, m'avait-il dit. Aussitôt assis en terrasse, car il souhaitait fumer, il m'avait posé deux ou trois questions sur moi, par politesse, je crois, puisque nous avions bien d'autres sujets à discuter, et j'avais commis l'erreur de lui signaler que ma maison d'édition venait de mettre en ligne une vidéo de moi où j'expliquais l'objet de mon autobiographie à paraître. Il avait rouvert son ordinateur portable et nous l'avions regardée ensemble, mais j'avais parfaitement perçu combien ce petit film l'agaçait, combien je l'agaçais à revenir une fois de plus sur ma vie quand lui tournait son premier long documentaire, quand il allait être père, comme si je ne me décidais pas à lui laisser la place, peut-être, car toutes les trente secondes il avait levé le nez de l'écran pour considérer nerveusement l'animation de la rue tout en tirant sur sa cigarette. Puis nous avions parlé de cet enfant à venir, de son film, et il m'avait paru très anxieux bien que soucieux de me donner le sentiment qu'il maîtrisait la situation.

De retour à mon bureau, je lui avais écrit un long mail, dont les premières lignes étaient à peu près celles-ci : David, partant sur mon vélo, j'ai repensé à notre déjeuner. L'arrivée de cet enfant, qui n'était pas prémédité, te précipite dans une situation difficile. Tu vas être un peu pris de court comme père, et je vais l'être comme grand-père, parce que ni toi ni moi n'avons eu vraiment le temps de nous faire à cette idée. Nous allons devoir improviser. Je veux te dire que je serai là, dans la mesure de ma personnalité – je demeure écrivain, très soucieux de mon travail, je ne suis pas un vieux pépé retraité et corvéable à merci (tu sais ce que je pense de la retraite, n'est-ce pas, je compte bien mourir à mon bureau, en écrivant), et par ailleurs j'ai encore deux filles assez jeunes à élever. Quand je dis que je serai là, je veux dire que vous pourrez compter sur moi si vous vous retrouvez à un moment dans la merde. C'est cependant toi qui vas devoir assumer seul la responsabilité relativement écrasante d'être père. J'ai compris en t'écoutant que tu en avais conscience, j'ai aussi vu que ça te souciait. Avec l'arrivée de cet enfant, tu cesses de l'être toi-même pour entrer dans un nouvel âge. Tu n'es plus un jeune homme léger, tu deviens le tuteur de quelqu'un qui va désormais compter sur toi pour lui expliquer la vie et lui présenter le monde. Ça te met dans la situation de reconsidérer la relation que tu as avec chacun d'entre nous, et de l'assainir, ou de la mettre au clair, par égard pour cet enfant dans les années à venir, etc.

Je me trouvais alors sous le coup de plusieurs

commandements d'huissiers pour le loyer de l'appartement de David, puisque je m'étais porté caution à la signature de son bail, et Hélène et moi étions même convoqués devant le tribunal pour sa probable expulsion. C'est pourquoi je lui demandais d'assainir la situation, ou plutôt notre relation, parce qu'en vérité j'en avais plus que marre de cet enfant qui s'était constamment débrouillé pour me précipiter dans la merde. Et tiens, me dis-je, marchant vers notre maison après avoir quitté Claire, c'est bien pourquoi je lui ai écrit dans mon mail qu'avec l'arrivée de son enfant *il cessait de l'être lui-même* pour entrer dans un nouvel âge. J'avais l'espoir que se préparant à être père, il allait enfin payer ses loyers en retard, et peut-être même me proposer d'assumer le remboursement de l'emprunt que j'avais contracté trois ans plus tôt pour le remettre à flot et qu'il s'était engagé à reprendre à son compte une fois ses revenus assurés.

Comment les événements s'étaient-ils donc enchaînés ensuite ? Ah oui, de la façon exactement inverse à ce que j'avais escompté. Au lendemain de ce mail, David avait débarqué au milieu de la matinée, sur son merveilleux vélo orange que nous avions aussitôt rentré dans la maison, auprès des miens, sachant que de tels vélos ne restent pas plus de cinq minutes dans la rue, même enchaînés à un réverbère. Une fois de plus nous avions comparé mon *Dangre* au sien, il s'était arrêté devant mon *Follis*, putain ce qu'il est beau ! avait-il dit, il faudra tout de même qu'un de ces jours tu me le prêtes, mais je voyais bien que le cœur n'y était pas et j'avais proposé que nous montions boire un café. Je l'avais senti très nerveux pendant que je m'affairais dans le coin cuisine de notre grande pièce, se débarrassant de ses écouteurs avant de faire tomber son iPod, allant et venant, jurant contre son iPhone, ou plutôt contre le type qui venait d'appeler et auquel il ne voulait plus parler, un connard qui ne tenait pas ses engagements, avait-il dit, et pendant quelques secondes je n'en avais pas cru mes oreilles, allumant une cigarette, et soudain il était venu vers moi, et cherchant puis fuyant mon regard m'avait déclaré je vais déménager, papa, on va prendre un appartement avec Florence. – Oui, avais-je rétorqué, je m'en doutais, vous n'allez pas vivre avec un nouveau-né dans ton studio. – Tu voudras bien être caution ? Rien que de me remémorer cette question, me dis-je, voilà que mon cœur se remet à cogner. Attends, David, tu me demandes d'être caution pour votre prochain appartement alors que je suis menacé de saisie pour l'actuel ? – Mais ça n'a rien à voir, papa ! Je vais payer mes loyers en retard, j'ai largement le fric, et ces abrutis d'huissiers te foutront la paix. – Ça fait deux ans que tu me dis que tu vas payer, David, mais c'est comme pour l'emprunt, tu dis un truc et je ne vois rien venir. Quoi qu'il en soit, je ne comprends pas pourquoi tu as de nouveau besoin de ma caution alors que Florence et toi gagnez chacun votre vie. – Ouais, avait-il dit. Et puis plus rien. – Non, mais c'est vrai, David, avec ce que vous rentrez comme argent, je ne vois pas pourquoi tu aurais besoin de moi… – Ouais. Bon, faut que j'y aille, là, merci pour le café.

Je l'avais raccompagné et regardé partir, partagé entre la tristesse et la colère. Je sais que si je n'avais pas craint la consternation d'Hélène, et sans doute qu'elle me prenne pour une lavette, j'aurais dit oui à David. Pas de problème, David, je veux bien être caution, bien sûr, mais je te rappelle tout de même qu'on est assignés au tribunal pour tous tes loyers impayés. – Ouais, ouais, je sais, mais j'ai pratiquement fini de payer, je ne comprends pas pourquoi ils continuent à te faire chier. C'est exactement ce qu'il m'aurait répondu, me dis-je, ce qu'il me répond depuis des années, et aussitôt ressurgit l'image de mon propre père embobinant notre mère lorsqu'il la découvrait avec un commandement d'huissier entre les mains, prête à lui arracher les yeux (nous étions chargés d'intercepter les huissiers, de cacher le courrier, mais il y avait tout de même pas mal de ratés), mais mon Minou je ne comprends pas, fais voir, ça ne peut être qu'une erreur, j'ai payé la dernière traite hier justement. – Tu n'es qu'un menteur ! Tu mens comme tu respires. À chaque lettre d'huissier tu me racontes la même chose. – Calme-toi, mon petit, donne-moi ce papier, je te jure que c'est un malentendu. – Toto, tu te fous de moi, le jour où tu auras ma mort sur la conscience, tu le regretteras. – Je t'en supplie, mon petit, ne te mets pas dans cet état et passe-moi cette lettre… Alors elle courait s'enfermer dans leur chambre en menaçant de se jeter par la fenêtre et on entendait les portes claquer, ou d'autres fois elle lui sautait au visage et on apercevait ensuite Toto se tamponner les joues et le cou avec un coton d'alcool devant la glace de la salle de bains avant de filer en clientèle. Par quelle étrange ironie du destin, me dis-je pour la centième fois, mon fils met-il ses pas dans ceux de son grand-père qu'il n'a pratiquement pas connu ? Par quelle étrange ironie du destin ? Et me faisant cette réflexion, je ne peux pas me défendre d'un sentiment d'admiration pour ces natures que ni l'accumulation des dettes ni celle des huissiers ne semblent empêcher de dormir. C'est une force, me dis-je, ce fut la force de Toto jusqu'à sa mort (laissant des millions de dettes derrière lui et les huissiers sur le cul), et c'est à présent celle de mon fils. Mais il me revient alors combien je me suis mis en colère contre David, certains jours, lui hurlant dessus au point d'en perdre la voix, me surprenant à trembler comme si j'étais à deux doigts de m'effondrer en sanglots, et finalement lui claquant ma porte au nez. Oh mon Dieu, me dis-je soudain, mais exactement comme le faisait notre mère ! Et c'est une telle surprise, n'est-ce pas, que je m'immobilise au milieu du trottoir. Je me suis souvent entendu témoigner que j'avais organisé toute ma vie en prenant Toto pour anti-modèle, n'ayant jamais un sou de dettes, demeurant depuis l'enfance dans une telle peur des huissiers que je ne peux pas voir du simple papier à lettres bleu sans éprouver une douleur d'estomac, mais jamais je n'avais pris garde que, placé dans la situation de notre mère, je veux dire dans la situation d'être embobiné par un homme *de la qualité de Toto*, j'avais finalement réagi à peu de chose près comme elle. Certes, je n'avais pas menacé de sauter par la fenêtre, de me suicider, mais j'avais complètement perdu la tête, m'étais mis à hurler, à gesticuler, à claquer les portes, et surtout, surtout, je m'étais vu en train de trembler. Or voilà que ce tremblement m'en rappelle soudain un autre, celui qui me chasse du lit d'Hélène de façon incompréhensible, celui qui est en train de ruiner ma vie. Et là, pour la première fois, rentrant de mon rendez-vous avec Claire et prenant conscience de ma ressemblance avec notre mère, il me vient la pensée épouvantable, véritablement terrifiante, que je suis peut-être en train de perdre la raison.

Cependant, reprenant ma marche vers la maison, je m'efforce de chasser précipitamment cette idée. Je me dis que je dois essayer de reprendre calmement le fil de ma rupture avec David puisqu'elle se situe en amont de cette pensée effroyable, et absolument nouvelle. Oui, me dis-je, je suis peut-être en train de tomber malade comme notre mère, de devenir fou en vérité, ce qui pourrait expliquer pourquoi j'ai ce sentiment si angoissant que tout se délite autour de moi, mais je réfléchirai à cela plus tard, lorsque je serai à mon bureau en position de l'écrire.

Mon fils parti, je lui avais renvoyé un mail pour lui exprimer combien je regrettais de devoir lui refuser ma caution alors qu'il allait être père. Nous devons désormais pouvoir nous parler franchement et être loyal l'un avec l'autre, lui avais-je écrit. J'ai trouvé déloyal que tu nous mettes dans la situation d'être poursuivis par la justice pour ton loyer, alors que tu aurais pu parfaitement le payer. Déloyal surtout à l'égard d'Hélène, qui n'est pas ta mère, David, et qui retrouve son nom sur ces papiers de merde…

Et c'était ce soir-là que les choses s'étaient brusquement aggravées, me dis-je, du fait de sa réponse à mon mail. Une réponse pleine d'incohérences, à laquelle je n'avais pratiquement rien compris, j'ai réinventé à coups de coude une nouvelle façon de vivre, m'écrivait-il, je m'efforce de me débarrasser de vous chaque jour (alors qu'il était là le matin même pour me réclamer ma caution), c'est la contrepartie de la mort, je me rapproche de Claire parce que je la sais capable de comprendre, d'entendre le mépris et la colère que j'éprouve pour vous tous.

Ne comprenant rien à ces propos, j'avais demandé à Hélène de venir lire par-dessus mon épaule. Et elle, tout de suite, Marc, il est en train d'embarquer Claire dans la coke. – Mais comment ça, de quoi parles-tu ? – Ça fait longtemps qu'il en prend, je le vois, mais puisque tu ne le voyais pas, je n'avais pas envie de te le dire. La façon dont il parle de Claire, Marc, je sais, j'ai fréquenté suffisamment de toxicomanes. – Mais quoi, je ne comprends pas, tu veux dire qu'il file de la coke à Claire ? – Oui. – Je ne peux pas croire une chose pareille, Hélène. – Pour moi, ça ne fait aucun doute. – J'appelle Claire tout de suite. – Ça serait mieux que tu te calmes, d'abord. Là, tout de suite, tu vas lui faire peur, Marc. – D'accord, tu as raison, je me calme, je bois un verre d'eau et je l'appelle.

Il était peut-être dix heures et demie du soir. Claire, tu me réponds par oui ou par non : est-ce que David t'a refilé de la coke ? – Oui. Mais pourquoi tu me demandes ça ? – Claire, est-ce que tu te rends compte que ton frère est un véritable salaud ? – Mais papa tu es fou ! Je ne voulais pas te mentir, je t'ai dit la vérité, et maintenant... – Écoute-moi, Claire, si un jour tu as des enfants et que ton fils fait sniffer de la coke à sa petite sœur, qu'est-ce que tu penseras ? – Je ne l'ai fait que cinq ou six fois, je ne me suis pas rendu compte. – Toi, tu ne t'es peut-être pas rendu compte, mais David si ! C'est un salaud, Claire, un salaud, je ne trouve pas d'autres mots. – Arrête, papa, arrête, s'il te plaît. – Mais tu réalises ce qu'il faut avoir dans la tête pour faire ce genre de saloperie (me mettant à hurler) ? – Je ne sais pas, je crois que oui, maintenant, parce que tu le dis, mais je ne pense pas que David... – On va arrêter là cette conversation, ma chérie, pardonne-moi de m'être énervé. Dors bien.

Cette nuit-là, je n'avais pas dormi du tout. Imaginer Claire avec une paille dans le nez sous le regard expert et bienveillant de ce petit enfoiré – ce petit enfoiré, c'est le mot qui m'était venu. Et le lendemain matin je lui avais écrit ce que j'avais sur l'estomac. David, j'ai compris par un concours de circonstances que tu étais, depuis un certain temps déjà, consommateur de cocaïne. Incidemment également, j'ai appris que tu avais entrepris d'initier Claire à cette saloperie. Je ne te dis pas mon désespoir et ma colère, surtout venant d'un homme (tu n'as plus quinze ans, tu en as vingt-six) qui m'assurait il y a quelques semaines prendre particulièrement à cœur le bonheur de sa sœur. Je comprends mieux maintenant que tu sois tout le temps en manque d'argent etc.

Douze minutes plus tard, j'avais une réponse. Mais t'es malade ? De quoi me parles-tu ? Je travaille, je gagne de l'argent, je ne suis pas maigre, je fais du sport, je voyage, je déjeune avec toi, j'ai des projets, je fais un enfant… Va te faire foutre, laisse-moi tranquille.

Il niait, mais dans l'heure il avait téléphoné à Claire qui devait me rapporter leur conversation deux ou trois jours plus tard. David m'a appelée, il m'a dit t'as merdé avec papa, qu'est-ce qui t'a pris de tout lui balancer… Alors moi, interrompant Claire, encore fou de colère, c'est tout ce qu'il a trouvé à te dire, ce petit enfoiré, t'as merdé avec papa, comme un gamin de quinze ans ! C'est donc toi qui aurais merdé dans l'histoire, en ne me mentant pas, tandis que lui n'a pas merdé une seconde en te refilant de la coke. Non mais, on marche sur la tête !

Après ça, il s'était écoulé un bon mois durant lequel je n'avais plus eu aucune nouvelle de David, n'en voulant plus. J'escomptais qu'il aurait au moins l'élégance de payer ses loyers en retard afin que notre convocation au tribunal ne soit plus qu'une formalité. Et durant ce mois, me dis-je, j'avais eu bien d'autres soucis en tête. Oui, mais quels soucis précisément ? Eh bien, j'avais continué de passer la plupart de mes nuits à marcher sur le boulevard de Belleville au lieu de me coucher tranquillement dans notre lit auprès d'Hélène, de sorte que j'étais à la fois épuisé et ravagé par l'anxiété. Pourquoi Hélène, que j'aimais tant, que je désirais tant (oui, me dis-je, on sait, tu l'as déjà dit, essaye tout de même de ne pas répéter sans cesse les mêmes formules, c'est agaçant à la fin), pourquoi Hélène me jetait-elle sans le vouloir hors de notre chambre ? Certes, je parcourais des kilomètres chaque nuit, mais sur ce point, le seul qui m'importât, je n'avançais pas d'un centimètre. Et puis mon autobiographie était parue. Un peu plus, me dis-je, et j'allais l'oublier, alors que son écriture m'avait rendu malade durant près de deux ans. Elle avait immédiatement fait l'objet d'articles plutôt élogieux, en tout cas intelligents, de sorte que j'aurais dû en être heureux, et profiter pleinement de ce moment, comme me l'avait fait justement remarquer Curtis, mon éditeur, étonné de ma mine défaite. Marc, faites-moi plaisir, m'avait-il dit en m'emmenant déjeuner, apprenez à profiter des bons moments que vous offre la vie. Votre livre reçoit un accueil exceptionnel, mérité, certes, mais d'excellents livres ne sont pas salués avec autant d'enthousiasme, vous pouvez me croire, je suis bien placé pour le savoir, et au lieu de vous en réjouir vous semblez accablé. Je le suis, avais-je failli répondre, me remémorant mon désespoir dans le taxi qui m'avait conduit quelques jours plus tôt à ma première émission de télévision. J'avais appelé Hélène. J'ai peur de me mettre à pleurer, Hélène. – Oh, mon chéri, mais non, ça va aller. – Qu'est-ce qui nous arrive ? On était si heureux avant. Tu crois que c'est ce livre qui m'a détruit ? – Tu n'es pas détruit, Marc. C'est un moment dans ta vie, dans la nôtre. Moi, j'ai confiance en toi, tu as toujours su trouver les solutions. – Mais là tu vois bien que je n'y arrive plus. – C'est un moment, Marc. Pense à ton livre. Tu as voulu l'écrire et tu l'as écrit. C'est un beau livre, tout le monde le dit. Alors maintenant occupe-toi de lui, tu réfléchiras à nous plus tard. Allez, je t'embrasse.

Et c'était alors qu'était arrivée la fameuse lettre de David dont je connais par cœur les premières phrases, me dis-je, bonjour papa, j'ai vidé et rangé l'appartement, je pars demain à New York pour trois semaines... Tu trouveras les clefs dans ta boîte aux lettres avant le RDV au tribunal. Je suis content, tu vas pouvoir assumer ton fils camé tranquillement, et essuyer ses dettes, que du bonheur, ça devrait nous faire du bien à tous etc.

Le lendemain, avant de contacter huissiers et avocats, me souvenant que le propriétaire de David était un père de famille originaire du Burkina-Faso qui avait investi ses économies dans ce studio qu'il avait acheté à crédit, et qu'à deux reprises cet homme m'avait demandé de supplier mon fils de le payer (ce que j'avais fait), j'avais couru jusque chez lui dans l'intention de lui verser d'un coup tous les loyers en retard. Je m'étais retrouvé devant un petit immeuble en brique équipé d'un digicode, de sorte que j'avais dû attendre qu'une personne entre pour lui emboîter le pas. Mais j'étais prêt à attendre tout le temps nécessaire, en dépit de la pluie, m'imaginant cette famille dans la même situation que la nôtre lorsque notre mère espérait comme un bienfaiteur le préposé aux allocations familiales avec sa sacoche pleine de billets et sa casquette de travers. J'étais à la fois honteux d'être le père du débiteur, et stupidement fier, presque imbu de mon rôle, d'être l'envoyé du ciel qui allait apaiser d'un coup l'anxiété de ces gens. Enfin, quelqu'un était entré, j'avais trouvé le nom sur les boîtes aux lettres et j'étais monté frapper à la porte, mais la femme qui m'avait répondu avait refusé de m'ouvrir, ne comprenant manifestement pas ce que je lui voulais, tandis que je n'avais rien compris à ce qu'elle me disait. De nouveau devant les boîtes aux lettres, j'étais en train d'écrire un mot à ce père de famille, l'avertissant qu'il n'avait qu'à me téléphoner et qu'aussitôt je lui ferai un chèque, lorsqu'une adolescente noire avait surgi de la rue avec un panier plein de provisions. Vous ne seriez pas la fille de M. Diallo, par hasard ? – Si. – Ah, tant mieux. Je suis le père du locataire de votre père, je voudrais lui payer les loyers de mon fils, je suis désolé qu'il se soit si mal conduit. – Oui, je suis au courant, mais mon père n'est pas là. – Alors donnez-lui ce mot, s'il vous plaît, dites-lui qu'il n'a qu'à m'appeler et que je le paierai.

David, avais-je écrit au retour de mon rendez-vous avec Claire, j'ai mis quelques jours à admettre que tu avais trahi ma confiance pour me racketter. Je prends acte que tu romps ainsi avec moi de la façon la plus indécente qui soit. La vie est longue, la tienne en tout cas, et tu parviendras peut-être un jour à me dire ce que tu cherches ainsi à me faire payer, tout en prenant la fuite. J'ai confiance, je suis certain que nous reparlerons de tout ça et que tu auras à cœur de t'excuser et de me rembourser. En tout cas, ce sera pour moi un préalable. En attendant, je te souhaite d'être heureux malgré tout.

Les mots m'étaient venus sans difficultés, dictés par le souvenir des larmes de Claire à laquelle j'avais promis de ne pas abandonner David, de laisser la porte ouverte. Tandis que j'écrivais ces quelques lignes, Coline était entrée dans mon bureau pour me faire signer tout un tas de papiers pour son collège, ou plutôt son futur lycée, puisque l'an prochain elle allait entrer en seconde. Je sais que ça ne t'intéresse pas, m'avait-elle fait remarquer, j'ai tout rempli à ta place, tu n'as plus qu'à signer. – O.k., ma chérie, là j'écris un truc à David, et tout de suite après je signe tes papiers. – Bien sûr, David, c'est plus important… – Arrête, Coline. Au fait, on a vu l'appartement pour Claire, il est génial, tu sais, j'espère qu'on va l'avoir. – Ah, ma Clairou… Et immédiatement elle était allée lui téléphoner pour se faire raconter.

Ensuite, la soirée s'était déroulée sans surprises. Anna était apparue vers sept heures et demie, sortant de sa chambre, tandis que je lavais des tomates tout en suivant vaguement le Grand Journal de Canal+. On dîne bientôt ? – J'allais préparer une salade. Tu voudras de la semoule ? – Oui, mais je préfère la faire moi-même. T'as des nouvelles de maman ? – Je pense qu'elle rentre dîner. Attends, je lui demande si elle veut qu'on l'attende. – Oui, parce que moi j'ai bac blanc demain. – O.k. ma chérie, on essaie de dîner tôt. Le texto d'Hélène – Serai là à huit heures et quart, attendez-moi – n'avait pas convaincu Anna. Ça veut dire neuf heures moins le quart, elle est trop chiante. – Elle fait comme elle peut, Anna. – Oui, eh ben elle a qu'à dire qu'elle rentre pas si c'est pour arriver en retard. – Regarde, la fille, là, à la télévision, c'est une cantatrice, je me demande si ce n'est pas elle qui faisait Gilda dans le *Rigoletto* qu'on a vu ensemble. – Ah oui, tu crois ? Au fait, qu'est-ce que tu vas faire pour l'Opéra si je suis plus là l'année prochaine ? – Je vais être triste. – Pauvre petit papa ! (venant soudain m'embrasser) Mais tu vas continuer à y aller ? – Je ne sais pas, tout seul c'est moins marrant. – Ouais, parce que t'auras plus ta fille chérie pour te lire le programme et se promener à ton bras pendant l'entracte. – Voilà, exactement. Tu veux bien mettre le couvert ? – Pourquoi est-ce que ça serait pas Coline qui le mettrait ? Elle fout jamais rien celle-ci. – Elle est au téléphone dans sa chambre, Anna, je crois qu'elle appelle une copine. – C'est pas une raison pour ne rien faire. Et tu vas voir qu'elle va s'arranger pour ne pas desservir... – Tu n'en fais pas plus qu'elle, Anna. La vérité, c'est qu'on en a tellement marre de vos disputes, avec Hélène, qu'on ne vous demande jamais rien. On vous a très mal élevées, comme des petites-bourgeoises gâtées pourries. – C'est ça, c'est ça. Bon, ben maintenant c'est prêt, on appelle Coline ? – Non, on attend ta maman. – J'ai faim, moi. Tous les soirs c'est la même chose, elle est trop chiante. – Tu l'as déjà dit, Anna, mange un petit truc en attendant et arrête de rouspéter. Et puis Coline était montée à son tour, feignant d'ignorer Anna. Elle rentre, maman, ce soir ? – Oui, elle arrive. – J'ai mis le couvert, tu desserviras, lui avait lancé Anna depuis le fauteuil où elle s'était installée pour patienter. – Toi, je t'ai pas parlé, je demandais un truc à papa. – C'est bon, les filles, c'est bon, vous ne commencez pas. À huit heures et quart, chacune assise devant la télévision, elles s'étaient réconciliées sur le dos d'Hélène. Bon, on commence, on l'attend pas, avait dit l'une. – Oui, parce qu'elle est toujours en retard de toute façon. – Et même quand elle va arriver, je suis sûre que son téléphone va sonner : Ah c'est toi, Stéphane ? – C'est le type qui l'a embauchée, Coline, elle ne va pas lui raccrocher au nez. – C'est ça, c'est ça. Toi, papa, tu te voiles la face. Anna n'avait pas pu s'empêcher de rire, ce qui constituait pour Coline le comble de la reconnaissance, et moi aussi, tournant au bois de Vincennes sur mon *Dangre*, je suis soudain pris d'un fou rire à cause de cette expression de Coline, tu te voiles la face. Où allait-elle chercher ces mots de grand-mères ? À neuf heures moins le quart, la lumière de la cage d'escalier s'était allumée, annonçant l'entrée d'Hélène quatre étages plus bas, et précipitant Coline dans l'escalier. Sa stratégie était de bloquer sa mère à tous les paliers, espérant parvenir ainsi à lui raconter l'essentiel de sa journée avant qu'elle n'atteigne le quatrième où Anna et moi l'attendions. Stéphane avait appelé, comme prévu, au moment même où Hélène s'asseyait devant son assiette, sous le regard courroucé d'Anna, mais Coline ayant au même moment mimé une scène des Feux de l'amour, Anna s'était déridée. Ensuite, le dîner avait été intense, surtout pour Hélène qui avait dû écouter ses deux filles en stéréo. Et toi, ma chérie, avais-je demandé à la fin, tu as passé une bonne journée ?

Aussitôt après le dîner, elle s'était installée devant son ordinateur, de sorte que nous nous étions trouvés aux deux extrémités de notre grande pièce, elle à son bureau qui occupe l'angle sud, sous la verrière, moi devant l'évier qui occupe l'angle nord, en train de faire la vaisselle. Nos filles étaient redescendues dans leurs chambres. J'avais eu l'intention de sortir marcher, vaguement blessé, je crois, qu'Hélène me prête si peu d'attention, d'autant plus que la lumière était encore belle – il y a quelques années, m'étais-je dit, nous serions partis ensemble prendre un verre en terrasse – mais j'avais voulu avant jeter un coup d'œil à mes mails et c'est là que j'étais tombé sur cette réponse de David que je n'attendais pas. Je n'ai pas trahi ta confiance pour te racketter, tu rigoles ? Oh, m'étais-je dit, sentant que je me remettais à trembler, ce ton ! Et j'avais relu cette première phrase. Tu rigoles ? Pourquoi se croyait-il obligé d'être vulgaire, de me parler comme si nous étions deux gangsters ? m'étais-je demandé. Je te montre juste ce que c'est d'avoir un fils camé (comme tu le penses), tu paies ses dettes, comme ça tes fantasmes sont à la hauteur des événements. Des fantasmes ? Pourquoi me parlait-il de fantasmes ? Il savait bien pourtant que Claire avait refusé de me mentir, qu'elle avait « merdé », selon son expression. Tu n'as qu'à te dire, poursuivait-il, que cet argent est pour échange comptant de mon nom dans ton livre, que j'ai brûlé. Tu viens de rembourser la vie de ton fils, de me l'offrir, c'est le moins que tu puisses faire avant de mourir. Regarde comme ton visage a changé, papa. Je serais mort pour toi, je souhaite maintenant être mort en toi, s'il te plaît.

J'avais relu à plusieurs reprises ces quelques phrases impossibles. Il avait donc brûlé mon autobiographie, il voulait dire le jeu d'épreuves que je lui avais passé quelques semaines plus tôt, lui demandant de me dire si quelque chose le gênait, puisqu'en effet il était nommé dans mon texte. Pourquoi prétendait-il que mon visage avait changé ? J'avais alors pensé à une photo de moi parue quelques jours plus tôt dans un magazine féminin et où j'apparaissais en effet vieilli et bouffi (le photographe était venu à la maison au lendemain d'une de ces nuits blanches épouvantables). Florence avait dû tomber sur cette photo et la lui montrer. Il serait mort pour moi, disait-il, mais maintenant il souhaitait être mort *en* moi. Mais pourquoi ? Parce que j'avais découvert qu'il était cocaïnomane, et que de surcroît il avait essayé d'entraîner sa sœur dans cette merde ?

Qu'est-ce qu'il y a, Marc ? Pourquoi tu te tiens le cœur ? m'avait demandé Hélène. – Je ne t'ai pas dit que j'avais répondu à David, aujourd'hui. Et là, il répond à ma réponse. – Et qu'est-ce qu'il te raconte ? – Qu'il a brûlé mon livre. Elle avait levé les yeux au ciel en secouant la tête. Quel petit con !

C'est tout ce qu'il a trouvé pour te faire chier en plus de te faire payer son loyer? – Non, c'est pas tout, mais je ne comprends pas le reste, il me parle de mon visage… Alors Hélène était venue lire par-dessus mon épaule, comme la dernière fois. Quel petit con! avait-elle répété. Puis revenue à son bureau, et tout en s'interrompant pour répondre à ses mails, elle s'était mise à développer une théorie selon laquelle David était en train de rompre avec moi comme j'avais rompu avec mes parents, vingt ans plus tôt. Toi, m'avait-elle dit, tu as rompu sur ton premier roman, c'était une question de vie ou de mort puisqu'ils voulaient t'empêcher de le publier, et lui tente de rejouer le même drame, mais avec rien du tout. Juste le fait que tu t'es aperçu qu'il se bourrait les naseaux de cocaïne et que monsieur ne veut pas assumer sa dépendance, comme tous les toxicomanes d'ailleurs… Laisse tomber, Marc, ne te mets pas dans cet état pour ces conneries, s'il te plaît. Il est ridicule, il n'y a rien d'autre à dire.

Là, tout de suite, dans le plaisir de pédaler sous les arbres lourds et feuillus du bois de Vincennes, les cheveux fouettés par le vent de mai, je suis tenté d'adhérer à la théorie d'Hélène. Je suis parvenu à entraîner David dans le culte du travail, me dis-je, me rappelant son premier court métrage tourné quatre ans plus tôt, son premier film si sensible, si réussi, dont j'avais été le producteur, et toutes les discussions que nous avions eues alors sur la nécessité de faire de sa vie une œuvre, et en aucun cas de se laisser porter par elle. Je suis parvenu à l'entraîner sur mes pas, me dis-je, ce qui n'était guère prévisible sortant de l'étrange adolescence qu'il avait eue. Il était allé jusqu'à se mettre au vélo après son accident de scooter, comme je m'étais mis au vélo après mon accident de moto. Et voilà donc qu'il rompait avec moi comme j'avais rompu avec mes parents. Oui, c'est bien possible, me dis-je, me rappelant combien j'avais théorisé, un peu malgré moi, ce principe de la rupture avec les parents chaque fois qu'il avait été nécessaire que je ré-explique à David pourquoi il avait été coupé, à l'âge de six ans, de tous ses cousins, de tous ses oncles et tantes et, bien sûr, de ses grands-parents. Tu avais six ans l'année où j'ai publié mon premier roman, David. C'était un texte autobiographique où je réglais son compte à ma mère, que je n'ai jamais aimée, tu le sais. – Oui, je sais. Pourtant elle était très gentille, mamie. – Tu l'as connue vieille, elle avait beaucoup changé. Quand ils ont découvert mon manuscrit, mes frères et sœurs m'ont dit qu'ils ne me reverraient jamais si je le publiais. Et que toi et Claire, vous seriez coupés de tous vos cousins. Pourtant, j'ai quand même pris la décision de le publier. – Je sais, papa. – Renoncer à ce texte, David, c'aurait été comme de renoncer à vivre, de renoncer à m'accaparer ma vie. Je suppose qu'il y a un moment, dans la vie, où chacun est mis en face d'un tel choix. Tu sais, je pense à mon propre père, ton grand-père, Toto. Toto m'a raconté que pendant la guerre il avait failli entrer dans la Résistance, mais que finalement il y avait renoncé par pitié pour sa mère qui serait restée toute seule. Eh bien tu vois, je crois que toute sa vie a été entachée par cette décision de ne pas s'être engagé, de ne pas avoir rompu avec sa mère, quel qu'en soit le prix à payer. Je me suis trouvé dans le même dilemme avec mon premier roman, j'aurais pu renoncer par souci pour vous, par peur de tuer ma mère, mais j'ai décidé de le publier, et donc de rompre avec tous les miens. Et je pense que j'ai eu raison, David, parce que si je ne l'avais pas fait, je serais peut-être mort aujourd'hui, ou en tout cas l'ombre de moi-même.

Oui, me dis-je, j'ai vraiment théorisé devant David ce principe de la rupture, pour me justifier, pour ne pas passer à ses yeux pour un salaud qui l'aurait coupé *gratuitement* de ses cousins avec lesquels il passait en ce temps-là toutes ses vacances. Mais le problème, Hélène a raison, me dis-je, c'est que David ne rompt pas avec moi pour prendre le maquis, comme aurait dû le faire Toto, ou pour publier un livre qui lui serait indispensable bien qu'il me fasse horreur, comme mon premier roman faisait horreur à mes parents, mais pour rien. Enfin si, quand même : d'abord, me dis-je, parce que j'ai refusé de me porter caution pour son nouvel appartement, et alors (circonstance aggravante) qu'il va être père, ensuite parce que je l'ai apparemment terriblement vexé, ou blessé, en lui révélant sa propre toxicomanie (depuis, quelques personnes m'ont expliqué que les toxicomanes, comme les alcooliques, prennent pour la dernière des insultes qu'on le leur dise, ce que je ne savais pas). Mais soudain, pédalant toujours sous les arbres du bois de Vincennes, me revient en mémoire le lieu où David a eu cet accident de scooter qui a marqué un tournant dans sa vie : avenue Denfert-Rochereau, et plus exactement devant l'immeuble situé au numéro 79, celui-là même qui abritait à l'époque la maison d'édition de Curtis où fut publié mon premier roman.

Je le savais parfaitement, puisque David étant à l'hôpital avec la jambe cassée et diverses blessures, j'avais été moi-même récupérer l'épave de son scooter. Tiens, m'étais-je dit alors, comme c'est étonnant, mon fils a eu son accident devant l'ancienne adresse de Curtis, et j'étais resté un long moment le nez en l'air à contempler cet immeuble, me souvenant avec émotion du réconfort que j'y avais trouvé dans les mois terribles qui avaient suivi la publication de mon livre, mais sans établir de lien entre les deux événements. Et c'est seulement maintenant, alors que je pédale à pleine vitesse, remâchant les mots insultants de David, et surtout la phrase que je lui ai écrite, *la vie est longue, et tu parviendras peut-être un jour à me dire ce que tu cherches ainsi à me faire payer*, que je crois soudain découvrir la réponse à ma propre question. À la veille d'être père lui-même, me dis-je, mon fils me fait payer de l'avoir coupé de tous les siens. Il y a deux ou trois ans, il s'en est fallu de peu qu'il soit tué au pied de l'immeuble de Curtis. Sans doute aurais-je fait le lien si le pire était survenu. Regarde où je suis venu mourir, papa, tu m'as tué avec ton livre. Mais je n'avais rien vu, rien entendu, juste une étonnante coïncidence. Voilà qu'à présent il revient à la charge, il a survécu, il n'a plus envie de mourir puisqu'il a choisi de se reproduire, mais il me sort de la vie de son enfant comme j'avais sorti mes parents de la sienne. Peu importe les prétextes qu'il invoque pour rompre avec moi, me dis-je, seul le résultat compte à ses yeux : j'avais une dette envers lui, il me la fait payer.

Puis continuant de tourner comme un dératé sur mon *Dangre*, le cerveau de plus en plus en ébullition, je reviens sur mon analyse. Mais non, me dis-je, que suis con ! ce n'est pas à moi qu'il fait payer l'addition, c'est à son enfant. Il fait à cet enfant ce que je lui ai fait : il le coupe des siens. Mais bien sûr. Croyant me renvoyer l'ascenseur, et, de fait, il me le renvoie, c'est surtout son enfant qu'il punit. Exactement comme je l'ai puni, lui. Et alors je suis frappé par la coïncidence des dates : cet enfant viendra au monde vingt ans, presque jour pour jour, après la publication de mon premier roman. Oui, et alors, me dis-je, la vie doit-elle donc continuer de tourner autour de ce livre catastrophique d'une certaine façon ? Non, ce n'est pas ce que je voulais dire, je notais juste la coïncidence, vingt ans, n'est-ce pas, au mois près, au jour près peut-être. Oui, enfin, si je la notais, ce n'est sûrement pas par hasard... Et brusquement, agacé de tout ramener à ce livre, à moi, en fait, je reviens *de nouveau* sur mon analyse. Pourquoi me mets-je en tête que cette rupture serait une punition ? Pourquoi est-ce que je n'envisage pas que ce pourrait être un cadeau, au contraire ? David débarrassant son enfant d'un grand-père affreusement chiant, affreusement nocif, avec sa façon d'écrire sur tout, et puis de sanctifier les livres comme si, une fois finis, ils devenaient brusquement plus importants que la vie elle-même. C'est vrai, me dis-je, qu'est-ce qu'il en avait à foutre, David, à six ans, de mon premier roman ? Bien sûr qu'il aurait préféré que je le balance à la poubelle plutôt que de lui pourrir la vie, si seulement je lui avais demandé son avis. Et tiens, me dis-je, c'est d'ailleurs ce qu'il vient de faire avec mon autographie, il ne s'est pas gêné cette fois-ci, la balançant sans même l'avoir ouverte, j'en suis certain. Je ne crois pas une seconde qu'il l'ai brûlée, ça c'est son goût pour la dramaturgie qu'il tient d'ailleurs de moi, comment aurait-il pu brûler un bouquin de six cents pages dans son studio, sur son plancher, sans foutre le feu à l'immeuble ? Et alors je ris tout seul sur mon vélo en songeant au livre que j'aurais pu écrire si David avait dû avouer à la police qu'il avait mis le feu à l'immeuble en voulant en finir une bonne fois pour toutes avec la biographie de son père.

Ne te fais pas de souci, ma chérie, avais-je dit à Claire, je patienterai avec toi toute la nuit s'il le faut, je ne te laisserai pas toute seule à attendre ce type. Je n'étais pas mécontent d'avoir un endroit où me mettre, de toute façon, plutôt que d'errer sur le boulevard de Belleville en songeant à Hélène à qui je ne pouvais plus faire l'amour. C'était l'homme de l'électricité que nous devions attendre, il devait venir rétablir le courant dans son nouvel appartement (que nous avions eu haut la main !), un type qui travaillait jour et nuit, apparemment, comme les urgentistes de SOS-Médecins. Cependant, lorsque j'avais frappé à la nouvelle porte de Claire, sixième étage sans ascenseur, c'était Agnès qui m'avait ouvert. Il y a vingt ans qu'Agnès m'a quitté pour s'enfuir avec le gourou sur les routes de France (au moment même où paraissait mon premier roman), mais les années ne changent rien à l'affaire, je ne peux pas la revoir sans avoir la sensation que mon cœur va se décrocher d'une seconde à l'autre (un tel phénomène s'est-il déjà produit, le cœur s'abîmant mollement dans les viscères et son propriétaire s'affaissant sur le paillasson ?). Chaque fois que je songe à notre séparation, me dis-je, j'imagine invariablement Agnès et Rodrigo sur nos jolies départementales, au printemps, bien sûr, lorsque les coquelicots fleurissent sur les bas-côtés, tendrement enlacés à l'avant du 4 × 4 de cet imbécile, et descendant chaque soir dans un luxueux quatre étoiles pour s'y envoyer en l'air. Pourtant, ils n'ont pas dû passer plus de quelques week-ends à voyager de cette façon, me dis-je, mais c'est sûrement ce qui m'a le plus marqué. Et donc j'avais pensé que mon cœur allait se décrocher, tout en embrassant Agnès, tout en cherchant machinalement des yeux le paillasson. Ah salut ! m'avait-elle lancé joyeusement. Claire m'a prévenue que tu allais passer. Ça va ? – Très bien. – Tu as maigri. – Ah bon. Où est-elle, Claire ? – Descendue chercher des bougies. La nuit risque d'être longue, non ? – Oui, je ne sais pas, le type n'a pas pu me donner de créneau horaire. – Y'a rien à boire, je ne peux rien t'offrir. – Non, mais ça va, je n'ai pas soif. Tu es venue pour quelques jours ? – Vous aider à déménager. J'ai compris que ça ferait plaisir à Claire. – Certainement, je crois que tu lui manques. Elle n'avait rien répondu, et comme elle m'avait tourné le dos pour aller chercher quelque chose dans la poche de son manteau qu'elle avait suspendu à un battant de fenêtre (un gros manteau d'hiver alors qu'il faisait très bon dehors) j'avais noté qu'elle était toujours aussi menue, et aussi que les cheveux très courts lui allaient bien. Comme elle revenait avec une enveloppe qui semblait m'être destinée, je m'étais rappelé qu'une année, tout au début de notre vie, bien avant d'avoir nos enfants, elle avait porté les cheveux courts de cette façon et que j'en avais été ému, ou plutôt troublé, comme si j'avais tenu entre mes bras une fille-garçon, ne me lassant pas de caresser à rebours les cheveux drus de sa nuque. Tiens, j'ai retrouvé ça, je suis sûre que ça va t'amuser. Il y avait une dizaine de photos dans l'enveloppe, toutes de David et de Claire s'agitant autour d'une petite piscine gonflable. C'est dingue ce que David était mignon, avait-elle remarqué, se plaçant près de moi. – Et Claire, regarde Claire… L'autre jour, tu sais, je lui ai donné une photo de nous deux où tu dois avoir à peu près l'âge qu'elle a aujourd'hui, ses copines t'ont prise pour elle. – Ah bon, on se ressemble autant que ça ? – Je ne m'en rendais pas compte non plus, mais je crois, oui. Et c'est qui le mec à côté de toi ? lui ont-elles demandé. – Le mec, c'est papa, et la meuf c'est pas moi, c'est maman, avais-je raconté à Agnès, imitant Claire. Et justement, elle était entrée à ce moment-là, essoufflée, avec ses paquets de bougies. Salut ma chérie. – J'ai pris tout ce que j'ai trouvé. – C'est parfait. Tu veux bien montrer à Agnès la photo de nous deux que je t'ai donnée l'autre jour… – Je ne l'ai pas là, mais tu sais, maman, que Juliette et Sarah t'ont prise pour moi. – Oui, Marc m'a raconté. – Elle est trop bien cette photo !

Après ça, j'étais redescendu acheter de quoi dîner, et des canettes de bière fraîche. L'appartement était vide, nous nous étions assis par terre pour pique-niquer. Jamais je n'aurais pensé pouvoir manger tranquillement en face d'Agnès, je veux dire sans être obligé de me tenir le cœur avec la main droite comme je le fais quand j'ai cette sensation qu'il pourrait se décrocher, eh bien non seulement j'avais avalé toute ma pizza et liquidé ma bière, mais j'avais constaté au fil des heures que mon émotion fondait comme neige au soleil. Et même, me dis-je, me repassant le film de cette interminable soirée à la bougie, à présent allongé auprès d'Hélène dont la respiration régulière me réconforte, j'avais fini par m'ennuyer profondément à bavarder avec Agnès. La conversation avait inévitablement glissé sur ses chevaux, puisqu'elle en a au moins une douzaine dans cette espèce de ranch qu'elle a créé avec le gourou, quelque part dans le Sud, sans compter les chiens et les chats. L'entendant me rapporter tous les problèmes que lui posent ses animaux, entre les visites de vétérinaire hors de prix, les accouchements incessants, les morts violentes (le facteur venait justement d'écraser son plus vieux chat atteint de surdité), moi qui déteste les bêtes, je n'avais pas pu m'empêcher de me remémorer les cauchemars qu'elle m'avait fait endurer au temps de notre vie commune, entre notre premier chat qu'on avait retrouvé écrasé dans le caniveau, et celui qui s'était perché au faîte d'un arbre et avait miaulé trois jours et trois nuits avant qu'on se décide à déranger les pompiers qui avaient dû dresser la grande échelle pour le récupérer. Ç'avait été chaque fois des nuits blanches, des larmes, d'interminables discussions, j'avais partagé le chagrin d'Agnès parce que je l'aimais plus que tout (au point de lui offrir un chien, par la suite, l'objet vivant qui me fait certainement le plus horreur), mais si j'avais pu émettre un vœu c'est que les animaux ne soient pas admis au ciel et qu'on ait enfin la paix, une fois morts.

Comme elle est devenue ennuyeuse, m'étais-je dit, ne l'écoutant que d'une oreille, et l'idée m'avait alors traversé qu'elle me revienne, que les circonstances fassent que nous retombions dans les bras l'un de l'autre, là, maintenant – après tout, j'aurais donné ma vie pour cela dans les mois qui avaient suivi son départ. D'abord, bien sûr, je m'étais demandé l'effet que ça me ferait de retrouver son corps après si longtemps. Pendant qu'elle me parlait de ses chevaux, je n'avais eu aucun effort à fournir pour me la représenter toute nue, sortant de la salle de bains, quand elle venait me rejoindre dans le lit au bon vieux temps. J'avais dû sourire de plaisir, songeant pourquoi pas ? ça pourrait être génial, parce qu'elle m'avait demandé ce qui me faisait rire dans cette histoire d'éventration d'une jument, et j'avais dit rien, rien, excuse-moi, ce n'est vraiment pas drôle, en effet, mais aussitôt après je m'étais souvenu que la dernière fois que nous avions essayé de faire l'amour, alors qu'elle était déjà l'amante de Rodrigo, je n'avais pas pu, bien qu'en mourant d'envie. Sur le moment, j'avais jalousé ces hommes virils capables de bander dans n'importe quelle situation, dans les toilettes des aéroports, à l'arrière d'une voiture, dans l'ascenseur, tandis que moi c'était toujours si compliqué. Il fallait que les femmes me veuillent sans retenue, certes, mais pas trop non plus car alors j'étais accablé par la peur de les décevoir. Or il m'avait semblé qu'Agnès avait voulu qu'on fasse l'amour parce qu'elle avait compris que je venais de rencontrer quelqu'un d'autre et qu'elle avait soudain pris peur. Je n'avais pas pu, je m'étais mis à trembler intérieurement, impuissant, submergé par le désespoir, exactement comme je le suis aujourd'hui lorsque Hélène me prend dans ses bras, me dis-je, écoutant malgré tout avec bonheur sa respiration régulière. Puis de cette idée complètement farfelue de refaire l'amour avec Agnès, j'étais passé au petit-déjeuner, naturellement, et là, soudain, l'entendre me reparler de ses chats et de son chien, pendant que je beurrerais mes biscottes, avait été au-dessus de mes forces. C'est donc bien que je ne l'aime plus, m'étais-je dit, et j'en avais éprouvé un profond soulagement. Quand je pense que je retenais mon cœur quand je l'ai vue tout à l'heure, m'étais-je encore dit, alors qu'en réalité elle m'est devenue absolument indifférente. Mais depuis quand ? Depuis quand est-ce que je me torture pour rien ? m'étais-je interrogé. Impossible de le savoir, il avait fallu cette longue nuit à attendre le type de l'électricité à la lueur de bougies pour que la révélation me fût enfin donnée.

Mais bien sûr nous n'avions pas parlé que de chevaux, et je n'avais pas passé toute la nuit a essayer de deviner si refaire l'amour avec Agnès présentait un intérêt quelconque, et surtout si j'en serais capable, non, nous avions également parlé de David. Quant à David, avait commencé Agnès, je voudrais bien lui faire un cadeau avant la naissance de son enfant, mais ça fait longtemps qu'il ne répond plus à aucun de mes textos. Comment va-t-il, tu l'as vu récemment ? – Tu n'es pas au courant de la saloperie qu'il m'a faite ? – Si, Claire m'a raconté. – Enfin, je n'ai pas tout raconté à maman, avait nuancé Claire (et j'avais supposé qu'elle avait passé sous silence son initiation à la cocaïne). – Alors, pour ce qui est du cadeau, avais-je repris, tu fais comme tu veux, mais moi j'ai déjà donné. – Ce gosse ! s'était exclamée Agnès. Quand tu penses quel enfant heureux et magnifique il a été… Et elle s'était arrêtée au bord du gouffre au fond duquel gisaient nos plus violentes explications d'après divorce. Elle voulait suggérer, sans réveiller les hostilités, que j'avais bien cherché ce qui m'arrivait, ayant complètement raté l'éducation de David. D'une certaine façon, elle a raison, avais-je pensé, plus conscient que jamais d'avoir voulu être pour David le père complice qu'avait été pour moi Toto, alors que David n'avait pas cessé de réclamer un père fouettard. Oui, on peut dire que David m'a gravement mis en échec, étais-je convenu. – On ne va pas revenir là-dessus, mais reconnais que je t'avais mis en garde… J'avais été tenté de lui envoyer ma bière à la figure, me souvenant dans quel état David m'était revenu après l'été passé en compagnie de Rodrigo, et au cours duquel celui-ci lui avait écrasé le visage dans son assiette de dessert pour le punir de je ne sais quoi. David n'avait plus jamais revu Rodrigo après ça, profondément blessé, de surcroît, qu'Agnès n'ait pas pris sa défense alors que la scène s'était déroulée devant une dizaine de personnes, et j'avais dû par la suite convaincre mon fils que tuer Rodrigo d'un coup de couteau (ce qui n'aurait pas été idiot d'un point de vue strictement humain) ne servirait à rien si ce n'est à le conduire en prison. En même temps, vous n'avez pas mieux réussi que moi, avais-je rétorqué à Agnès, l'associant volontairement au gourou à travers ce « vous », tout en évitant de le nommer, ce qui aurait pu me provoquer une crampe d'estomac. – Oui, enfin, tu sais bien pourquoi… Et là, elle avait voulu me rappeler qu'à son sens, si la méthode éducative de Rodrigo avait échoué, c'est que je n'avais pas cessé « de le descendre » aux yeux de nos enfants, selon son expression d'alors. Agnès, l'avais-je contrée sèchement, ne revenons pas là-dessus, jamais je n'aurais pu cautionner certains gestes. Et je pense, d'ailleurs, que tu as eu tort de les cautionner. Pour le reste, j'assume de m'être complètement planté avec David. Et je paie seul l'addition, tu remarqueras que je ne te demande pas de payer la moitié de ses loyers en retard.

Me remémorer cette conversation, au lieu de m'endormir tranquillement auprès d'Hélène, m'amène au bord de la crise de nerfs. J'aurais vraiment dû lui balancer ma bière à la figure, me dis-je, mais c'est toujours pareil, je n'ose pas être violent. Quand je pense au mal qu'a pu faire ce sale con à nos enfants ! Comment ai-je pu la laisser me faire la leçon ? « Reconnais que je t'avais mis en garde... » Non, mais je rêve ! Elle a cautionné les pires saloperies de ce pervers, et madame m'aurait « mis en garde »... J'aurais pu le faire emprisonner, ce sale con, pour ce qu'il a fait à nos enfants, humilier David devant tout le monde, balancer un cendrier à la tête de Claire...

— Ah c'est bien, tu es là, soupire Hélène en se réveillant vaguement. Mais pourquoi tu ne dors pas ? Mets-toi dans mon dos, je vais t'emmener dans mon sommeil.

— Non, je suis comme une pile électrique, je vais t'empêcher de dormir.

— Oh non, viens, c'est tellement bien quand tu es là (se remettant en chien de fusil pour que je me colle dans son dos).

— Non, Hélène, je ne peux pas.

— Bon, tant pis mon chéri, tant pis.

Maintenant, assis à mon bureau, je relis les différents mails que j'ai envoyés à tous ces gens. J'avais cru qu'il me suffirait de payer à M. Diallo les loyers en retard pour avoir la paix, mais non, et je comprends pourquoi M. Diallo ne m'a pas rappelé, en dépit du mot que j'ai confié à sa fille : il a pris un avocat, il ne veut plus avoir affaire à nous directement, je suppose que nous lui faisons peur, comme Toto faisait peur à ses créanciers à force de les embobiner (il prétendait parfois venir rembourser une partie de la somme qu'il devait, mais au lieu de ça il ressortait deux heures plus tard avec un nouveau chèque, les veuves et les vieilles personnes, surtout, se faisaient avoir, finissant par croire que c'étaient elles qui lui devaient de l'argent). Jamais je n'avais pu avoir cet avocat au téléphone, sa secrétaire me tenant à distance comme si j'allais lui faire les poches, alors que dans le même temps, me dis-je, il ne s'écoule pratiquement pas un jour sans qu'il y ait un article élogieux sur mon autobiographie dans un journal, mon nom écrit en gros, et bien souvent ma photo. Ça devrait tout de même vous réconforter, Marc, et, comment dirais-je, vous rassurer sur votre situation, me répète gentiment Curtis qui me voit me dissoudre au fil des jours, contrairement à ce que vous semblez penser, vous n'êtes pas votre père, et cela en dépit des petits ennuis que vous cause votre fils. Je ne suis pas Toto, non, mais ça ne m'empêche pas de quitter précipitamment mon bureau pour aller vomir dans les toilettes à la seule pensée qu'on puisse me confondre avec lui, je veux dire qu'on puisse me prendre pour un embobineur. J'avais fini par obtenir de cette secrétaire qu'elle me donne le mail de l'huissier chargé de recouvrer les dettes de David. Un huissier de Lyon, comme cet avocat est de Lyon, pour une raison qui m'échappe (sans doute M. Diallo fait-il plus confiance aux gens de Lyon qu'aux Parisiens). Trois jours durant j'avais bombardé de mails cet huissier, lui réclamant le décompte précis de ce que devait mon fils afin de le payer par retour de courrier, selon l'expression consacrée. Je vois que ce *par retour de courrier* figure absolument dans tous mes mails, comme si je venais de réceptionner un énorme colis de merde qui empuantirait toute notre maison et que je fusse particulièrement pressé de m'en débarrasser. Mais cet huissier n'avait pas daigné me répondre, n'accusant même pas réception de mes mails, de sorte que retrouvant ma colère intacte contre cette profession de caniveau, je l'avais prévenu que si je n'avais pas une réponse dans les vingt-quatre heures je descendrai en personne à Lyon avec mon chéquier pour le régler. Ce n'est pas parce que mon fils s'est comporté comme un voyou, lui avais-je écrit, que je mérite d'être traité avec autant de désinvolture. Cette fois, il m'avait répondu *par retour de courrier*, me joignant l'addition, et en dépit de la somme tout de même considérable que j'allais devoir acquitter, j'avais ri pour la première fois en songeant que cet homme avait dû penser que j'allais débarquer chez lui avec un fusil de chasse, comme on le voit régulièrement dans les rubriques Faits divers des journaux, alors que je déteste à peu près autant les armes que les chiens et les huissiers. J'avais immédiatement fait le chèque (Curtis m'assurant qu'il me couvrirait si j'avais besoin d'argent), et couru jusqu'à la poste l'envoyer en recommandé avec accusé de réception. Et là, rentrant de la poste, je m'étais senti d'un seul coup libéré, et j'avais même dû sourire. En tout cas, m'étais-je dit, Curtis a raison, ce n'est pas si grave finalement.

Mais le jour même, ou peut-être le lendemain, l'agence immobilière qui avait loué l'appartement à David m'avait rappelé. Nous avons bien reçu la lettre de congé de votre fils, m'avait dit le type, mais nous ne pouvons pas l'accepter car la signature n'est pas la même que celle qui figure sur le bail. – Bien sûr, puisque mon fils s'est enfui, je vous l'ai expliqué la dernière fois. Cette lettre, c'est moi qui l'ai écrite et signée. – Je suis désolé, mais c'est impossible. C'est une lettre de congé de votre fils qu'il nous faut. – Ah bon ! m'étais-je exclamé, alors je suis assez bien pour vous payer les loyers de ce petit con, mais pas suffisamment tout de même pour vous donner son congé. – Oui, monsieur, en quelque sorte, si j'ose dire. Je ne veux pas vous accabler dans de telles circonstances, mais nous avons actuellement un dossier où une personne caution paie un loyer pour une jeune femme qui a disparu depuis plus d'un an. – Pardon ? – Et ça peut durer comme ça dix ans. Tant que la jeune fille ne nous aura pas adressé elle-même son congé, la personne caution devra payer. J'avais parfaitement bien compris. Ce qui est étrange, me dis-je, me remémorant ce moment, c'est que l'énorme colère que j'avais sentie monter n'était pas tant dirigée contre l'agent immobilier que contre David. Songer que mon fils pourrait ainsi *me faire payer* pendant dix ans, pendant vingt ans, ce qui correspondait de toute évidence à son vœu le plus cher, le plus enfoui, *me faire payer* pour le mauvais père que j'avais été, pour mon premier roman qui l'avait coupé de ses cousins, pour la perte de sa mère que je n'avais pas su retenir, pour Rodrigo que je n'avais pas été capable d'exterminer, pour Hélène qu'il n'avait jamais aimée, pour tout le temps que j'avais consacré à mes livres plutôt qu'à lui, pour mon autobiographie qu'il avait brûlée mais qui malgré tout lui pompait l'air au moment où justement il allait être père… m'avait précipité dans une fureur proche de la panique. Pour la première fois David me tient, m'étais-je dit. Enfant, il lui arrivait de venir me mordre les fesses pendant que je faisais la vaisselle pour me rappeler son existence. Je jouais dix minutes avec lui, puis je remontais dans mon bureau et je lui fermais ma porte au nez. Mais cette fois je n'avais nulle part où me réfugier, cette fois il pourrait bien me tenir, m'étais-je dit, et chaque heure, chaque minute de ma vie à venir, je serais bien forcé de penser à lui, n'est-ce pas, payant son loyer pour un appartement vide tandis que je l'entendrais ricaner dans le lointain. Et soudain, je m'étais entendu dire à cet agent immobilier, retrouvant les accents de Toto lorsqu'il se sentait cerné (car Toto n'était pas un enfant de chœur, n'est-ce pas), ecoutez mon vieux, ne poussez pas trop loin le bouchon quand même parce que ça pourrait mal finir. – Je ne comprends pas. Que voulez-vous dire ? – Je veux dire que vous avez une lettre de congé en bonne et due forme et que je vous conseille de l'accepter telle quelle sinon vous n'allez plus dormir sur vos deux oreilles (je vous en fiche mon billet, aurait ajouté Toto, mais pour ma part je m'étais arrêté là). – Vous me menacez ? – Je vous menace de vous pourrir la vie, oui, mais comme vous essayez de me pourrir la mienne, pas plus. Et je vous assure que je n'hésiterai pas une seconde. – Très bien, très bien… Quelques heures plus tard, une femme de l'agence m'avait appelé pour me proposer un rendez-vous pour l'état des lieux et la remise des clefs.

Marc, m'avait dit Hélène, on devrait tout de même aller jeter un œil à l'appartement de David avant l'état des lieux. – Sûrement pas, devoir y aller une seule fois me rend déjà malade, alors je ne vais pas y passer avec toi pour le plaisir. – Suppose qu'il y ait des choses cassées… – Eh bien tant pis, je paierai. – C'est idiot, parfois c'est rien du tout à réparer et les agences immobilières en profitent. Elle était revenue à la charge, et le dimanche suivant, en début d'après-midi, nous étions partis voir l'appartement de David. Il me vient des larmes de colère, mais aussi de désespoir parce que je revois aussitôt le visage complètement défait d'Hélène, en me remémorant l'état dans lequel David et Florence nous ont laissé leur appartement. Je mentionne Florence, parce que lors de notre dernier déjeuner David m'avait annoncé qu'elle vivait désormais chez lui. Ils avaient renversé plusieurs pots de fleurs sur le balcon, et laissé grande ouverte la baie vitrée, de sorte que le vent et la pluie avaient projeté de la terre sur le plancher jusqu'au coin le plus reculé de la cuisine. Les rideaux n'avaient pas été décrochés et ils pendaient lamentablement, tordus par le vent et souillés de terre. Les étagères avaient été arrachées et abandonnées là, parmi les cordes et les fils de fer qui avaient servi à suspendre les plantes, mais gisaient également au milieu de la pièce des briques et des fers à béton, un vieil écran d'ordinateur, des baskets sans âge et des chaussettes sales, un enjoliveur de voiture, une presse de menuisier qui avait appartenu au père d'Agnès, des casseroles et de la vaisselle cassée, des pièces de vélo et différents emballages de produits ménagers qu'on avait pris soin d'écraser pour en faire jaillir le contenu. La cuisine avait été vandalisée de la même façon, l'évier plein de terre et de déchets, de la vaisselle sale abandonnée sur les étagères, tandis que dans le frigidaire, dont la porte avait été laissée béante, des légumes et des fromages finissaient de pourrir. Tout de même, je ne pensais pas qu'il me haïssait à ce point, avais-je pensé. Hélène semblait abasourdie. Bon, je vais nettoyer la cuisine, tu veux bien? avait-elle dit tout bas. – Oui, et pendant ce temps-là je vais dégager le balcon et toute cette merde. Et durant la vingtaine de voyages que j'avais dû faire entre son appartement et le local des poubelles, je n'avais pas cessé une seconde de songer à ce mot de «merde» qui me revenait sans cesse à l'esprit depuis ma rupture avec David et aussitôt que je pensais à notre relation. La merde dans laquelle il m'avait entraîné durant toute son adolescence. La merde qu'était la cocaïne et dans laquelle il avait tenté d'entraîner sa sœur. La merde dans laquelle il venait de me plonger en me laissant ses dettes et cet appartement infect. Et c'est maintenant, tandis que je me tiens à mon bureau, n'écrivant rien encore, mais silencieux et concentré, que je vois combien ce mot de « merde » est éloquent, plein d'enseignements, *lumineux*, allais-je dire. Un enfant vient au monde tout crotté de sang et d'excréments, et cependant je ne connais pas de toute la vie de moments plus beaux, plus bouleversants, qu'une naissance. Ne t'en fais pas mon petit, mon trésor, nous précipitons-nous aussitôt, le visage baigné de larmes, on va te nettoyer de tout ça et tu vas grandir dans la lumière. Par la suite, inlassablement, me dis-je, nous nettoyons l'enfant de toute la merde qu'il produit, les couches-culottes, les crottes de nez, les oreilles, les yeux, les ongles… Inlassablement nous le nettoyons pour l'élever, le hisser toujours plus haut qu'il ne l'est en réalité, qu'il grandisse dans la beauté, dans une belle image de soi, et que plus jamais la merde qui nous est inhérente ne puisse le recouvrir. Élever un enfant, me dis-je, c'est lui apprendre à porter avec légèreté, avec élégance, cette part sombre et nauséeuse que chaque être contient et avec laquelle il lui faut cheminer et composer toute sa vie. Ce que nous appelons par un raccourci « notre propre merde », n'est-ce pas, chacun y rangeant ce dont il ne lui viendrait pas à l'esprit de se vanter, mais qui parfois le rattrape, le jetant dans un profond désespoir. Eh bien, me dis-je, cette merde que mon fils m'a forcé à charrier toute une après-midi, de son appartement au local des poubelles, puis à gratter de mes mains lorsqu'il a fallu nettoyer sa salle de bains et la cuvette de ses toilettes, c'est probablement la merde dont je n'ai pas su le délester quand il était enfant, puis adolescent. Il me la retourne à la figure, à la veille d'être père lui-même et, ce faisant, Hélène a raison, il ne fait que répéter grossièrement ce que j'ai fait à mes propres parents en leur retournant toute la merde que fut mon enfance lorsque j'ai écrit mon premier roman, ce livre qui les a ulcérés, comme je suis ulcéré de ce que me fait mon fils.

Silencieux et concentré, j'essaie de reconstituer la façon dont les choses ont pu m'échapper. Les choses… quelle expression idiote, je veux dire l'éducation de David, *le bonheur* de David. Il s'est trouvé une psychanalyste, à qui je racontais la naissance de David, pour m'expliquer que je lui en voulais d'avoir failli tuer sa mère. Et il est vrai que sa venue, qu'Agnès et moi attendions avec l'impatience juvénile de jeunes parents, avait rapidement tourné à la catastrophe. Les médecins n'avaient pas semblé se rendre compte que pesant plus de quatre kilos, ce beau bébé, comme ils nous le répétaient à chaque échographie, aurait du mal à s'extraire des hanches étroites d'Agnès. Quand ils avaient saisi le problème, il était trop tard, ils n'avaient plus eu le temps d'entreprendre une césarienne, David était en train d'étouffer et Agnès de se noyer, de perdre conscience, de sorte qu'ils m'avaient fait sortir pour que je ne sois pas témoin de la violence de ce qui allait se passer : un accouchement aux forceps, à la hussarde, comme on devait en pratiquer sur le front en 14-18. Agnès avait dû se faire opérer, quelques années plus tard, pour réparer ce qui pouvait l'être, quant à David, la première image de lui qu'a enregistrée ma mémoire est celle d'un enfant accidenté, le visage boursouflé, le crâne énorme du fait de l'hématome qu'avaient provoqué les fers, et blessé ici et là. En dépit de ses quatre bons kilos, il avait été placé en couveuse comme un prématuré. Mais je ne trouve pas en moi la moindre trace de colère contre lui. Je hais ces médecins dont je me rappelle parfaitement les mimiques agacées lorsque je venais me plaindre des douleurs d'Agnès pendant « le travail », et la panique quand ils me firent sortir, mais David, à ce moment-là de sa vie, ne fait que m'apitoyer.

J'ai le souvenir, ensuite, d'un sentiment de gratitude à son égard, mêlé d'une émotion grandissante, quand je constate qu'il me reconnaît, puis me sourit, puis agite fébrilement les bras à ma vue. Puisque je constate qu'il m'aime, que je semble illuminer sa vie, je me mets moi aussi à l'aimer. Il devient mon enfant, mon petit garçon. Quand arrive l'été et qu'il approche les six mois, je suis carrément fou de lui, comme il semble fou de moi. Nous sommes pour les vacances chez la mère d'Agnès, en Espagne, et je passe mon temps avec David sur le dos, ne faisant pratiquement rien sans lui. Lâchez donc cet enfant, me gronde ma belle-mère, vous allez en faire un gosse impossible, ensuite il demandera sans cesse à être porté. – Laissez-moi donc élever mon fils comme je l'entends, si on ne peut pas être porté à six mois, alors à quel âge le peut-on ? Ça ne l'empêche pas de bien grandir puisqu'il se met à marcher à dix mois. Agnès et moi consacrons un soin infini, sûrement exagéré, à lui choisir ses premières chaussures à la pharmacie du village près duquel nous habitons alors, dans l'Oise. Nous prenons les plus chères, des petites bottines en cuir marron pour qu'il ait les chevilles bien tenues. Et tiens, me dis-je, je les ai conservées ces petites bottines, elles sont en Provence, dans une valise où je remise des trésors, j'aimerais bien les revoir, là, tout de suite, je les poserais sur mon bureau et les étudierais de près avec une de mes loupes. Sur le moment, remplissant notre chèque à la pharmacie, nous n'avons pas le plus petit soupçon d'inquiétude, nous pensons que David ira loin avec de tels souliers.

Je ris la première fois où David, que nous avons pris dans notre lit, s'arc-boute contre le flanc d'Agnès pour me faire tomber, me chasser. Nous sommes encore dans l'Oise, c'est dire qu'il a moins de deux ans puisque nous avons déménagé pour Fontenay le jour de son deuxième anniversaire. Mais lui ne rit pas, et je prends conscience de sa colère les fois suivantes, si bien que moi aussi je me mets en colère. David, lui dis-je, Agnès n'est pas ta femme, c'est la mienne, alors tu arrêtes de me donner des coups de pied et d'essayer de me faire tomber. S'il y en a un de nous deux qui doit sortir de ce lit, c'est toi, figure-toi. Recommence à me pousser et je te ramène dans ta chambre. Merde à la fin ! Agnès se retient de rire, mais elle est d'accord avec moi, et le lui dit, Marc est mon mari, David, je l'aime et je ne veux pas que tu le chasses du lit, toi, tu es notre petit garçon, tu peux rester là si tu te tiens à ta place. Je me sens réconforté par le soutien d'Agnès, et c'est amusant comme aujourd'hui encore, tant d'années après, ses mots me vont droit au cœur, comme si David, me dis-je, avait déjà commencé de me heurter, si petit.

C'est à Fontenay, dans la maison en ruine que nous avons achetée, et dans laquelle je fais moi-même une partie des travaux, qu'il prend l'habitude de me mordre les fesses pour me rappeler à son bon souvenir. Nous faisons alors ce que nous appelons « une petite bagarre », qui préfigure, me dis-je soudain, toujours attablé à mon bureau, les grandes bagarres que nous aurons plus tard, pendant dix minutes nous nous roulons par terre comme des catcheurs, moi feignant de ne pas parvenir à l'immobiliser, soufflant comme un phoque et riant, mais lui n'hésitant pas une seconde à me balancer un coup de genou dans les couilles, ou un coup de poing sur le nez. La plupart de nos « petites bagarres » se terminent donc mal, moi furieux, retournant à mon chantier, ou grimpant dans mon bureau, en pestant merde David, on dirait que tu le fais exprès, on fait ça pour s'amuser et toi tu en profites pour me taper vraiment, ça fait très mal les coups sur le nez, figure-toi, maintenant fiche-moi la paix, file au jardin, je n'ai plus envie de jouer avec toi.

Il est clair, me dis-je avec le recul, que cet enfant nourrit déjà une forme de colère contre moi, et voilà que Claire m'apparaît, en effet, tétant béatement le sein d'Agnès dans la jolie chambre de la maternité. Non seulement, me dis-je, j'ai refait un enfant à Agnès dans le dos de David, lui qui se voyait déjà dans la place, mais en plus sa petite sœur accapare toute l'attention de sa mère. Se sentant sûrement trahi, en tout cas furieux de s'être fait berner en dépit de ses trois ans et demi, David nous attend à la maison avec une bonne surprise : une maladie contagieuse mortelle pour les nouveau-nés. Et je crois que nous commettons là, y réfléchissant aujourd'hui, notre première grosse erreur : au lieu d'écarter le « coupable », je veux dire le malade, nous écartons l'innocente, pour ne pas en rajouter au chagrin du malade. C'est Claire que nous enfermons dans une chambre à l'étage, cependant que David retrouve dans notre chambre la place qu'il tenait à l'âge de Claire. S'il n'a pas le sentiment d'être tout-puissant après ce coup-là, et la conviction d'avoir les moyens de nous manipuler désormais en toutes circonstances, c'est qu'il est idiot. Or David est d'une grande intelligence, chaque jour il nous en donne une preuve supplémentaire. Il aurait évidemment fallu le remettre à sa place, l'enfermer dans la chambre à l'étage, qu'il prenne conscience que ses parents, ou plutôt son père, me dis-je, est un mur contre lequel il peut éventuellement se fracasser, mais sûrement pas le déplacer à sa guise. Il aurait été sans doute vexé, mais au fond rassuré de tomber sur le père fouettard qui allait contenir et canaliser sa tendance à brûler les étapes et à se prendre à trois ans et demi pour beaucoup plus qu'il n'était.

L'été de ses quatre ans, tandis que Claire a neuf mois, je loue une maison à Saint-Malo où la plupart de mes frères et sœurs passent également leurs vacances. Je suis seul avec mes deux enfants, cette année-là Agnès n'a pas de vacances, et moi je veux écrire un livre sur la guerre d'indépendance en Nouvelle-Calédonie d'où je rentre tout juste. C'est durant cet été que David se lie à ses cousins, qu'il ne va plus cesser de fréquenter ensuite pendant deux ans, jusqu'à la publication de mon premier roman. Ils m'arrangent bien, les cousins, parce qu'ils prennent en charge mes enfants une bonne partie de la journée, de sorte que je peux écrire tranquillement dans ma maison de location. Il me semble que mes rapports avec David sont alors quasi inexistants. Il a sans cesse hâte de retrouver ses cousins sur la plage et j'imagine que je lui renvoie l'image d'un gratte-papier lugubre et anxiogène. Comme il est, par ailleurs, constamment méchant avec Claire (et le demeurera longtemps), je dois passer les rares moments que nous partageons à l'engueuler. Enfin, c'est ce que je suppose aujourd'hui, car j'ai peu de souvenirs de notre vie de famille durant ces deux mois d'été, complètement absorbé par l'écriture de mon livre.

Et ensuite, me dis-je, comment les événements se sont-ils donc enchaînés ? Eh bien ensuite c'est notre voyage en Hollande, me semble-t-il. Mais je ne parviens plus à le situer dans le temps. Ai-je déjà écrit mon premier roman ? Il me semble bien que oui, mais que seul Curtis a lu le manuscrit, pas encore mes frères et sœurs. Tout est encore calme autour de nous dans mon souvenir. Enfin, pas tant que ça, me reprends-je, puisque Rodrigo est déjà entré dans la vie d'Agnès, mais à pas de loup. Ce n'est alors qu'une petite aventure extraconjugale qui remplit Agnès de fierté et dont elle me raconte volontiers les meilleurs moments pour se venger de toutes mes infidélités. Je suis soucieux des rapports teintés d'agressivité que David et moi entretenons, et c'est Agnès qui me suggère de faire un petit voyage avec lui, entre hommes, dit-elle. Nous choisissons Amsterdam, où nous partons pour le week-end. Je garde un souvenir abominable de ce voyage durant lequel David m'a rendu chèvre, selon une expression qu'aimait Toto, tiens, mon-vieux-cezèbre-il-m'a-rendu-chèvre, me réclamant sans cesse de lui acheter un nouveau souvenir, voulant s'arrêter tous les quarts d'heure pour boire ou manger quelque chose auquel il touchait à peine, ou entrer là pour en ressortir aussitôt, ou faire un tour de ceci ou de cela pour réclamer dans la minute suivante d'en redescendre, trouvant tout mauvais, tout décevant, tout embêtant, et moi continuant de lui céder dans l'espoir stupide de voir enfin son visage s'illuminer, alors qu'il n'attendait qu'une chose, comprends-je aujourd'hui, c'est que dès sa première protestation je me montre inébranlable, père fouettard, dressant des murs de béton armé tout au long de notre parcours fléché, verrouillant tous les commerces à l'exception d'un seul, celui où il choisirait son unique souvenir d'Amsterdam, et exigeant qu'il termine son verre ou son assiette sous peine de ne pas bouger de là avant la fermeture. Un père quoi. Mais je ne pouvais pas me défaire du souvenir des deux ou trois voyages que nous avions faits avec Toto, en Belgique et en Bretagne, à bord de la Peugeot, l'écoutant comme le Messie, voulant le voir heureux et l'entendre rire, trouvant tout beau, tout délicieux, du moment qu'il nous le montrait ou nous l'offrait. Et comme un con, me dis-je, j'avais vainement attendu que David me regarde comme je regardais Toto, ce qui ne risquait pas d'arriver puisque, comme me le fait justement remarquer Curtis, *je ne suis pas* Toto.

Après avoir conquis Agnès, Rodrigo avait

entrepris de conquérir David, comprenant, je crois, qu'il n'avait pratiquement aucune chance avec Claire qui restait obstinément accrochée à mon cou et le regardait de haut (je fais une tête de plus que Rodrigo) comme s'il avait eu des crottes de nez qui lui sortaient des yeux. David avait immédiatement adhéré à la panoplie d'aventurier du gourou, du feu de bois dans le jardin pour cuire les chipolatas du dimanche au couteau suisse à vingt-cinq lames, en passant par le 4 × 4, les jumelles pour nommer les étoiles, les récits de ses expéditions sur l'Himalaya ou au cap Horn, sans même parler de ses descentes du Vercors en deltaplane ou des quelques secrets d'espion qu'il voulait bien trahir à condition qu'Agnès et David lui donnent leurs paroles que même sous la torture ils ne diraient rien. Me remémorant toutes ces âneries et comment David, qui n'avait que six ans, avait évidemment marché, je me dis qu'il avait vu en Rodrigo un père complice, en tout cas plus amusant que je ne l'étais, mais sans doute avait-il perçu aussi l'autorité sous l'image du chef scout que lui offrait Rodrigo, l'autorité qu'il attendait d'un père et qu'il allait bientôt éprouver, au-delà de ses espérances.

L'emprise du gourou sur les miens avait été considérablement facilitée par le séisme qu'avait provoqué la publication de mon premier roman. Agnès, qui hésitait encore à franchir le pas, me répétant sans cesse combien elle tenait à moi entre deux week-ends avec son amant, avait été fortement ébranlée par la secousse, puis par l'isolement et la détresse dans lesquels nous avait précipités la condamnation unanime de mes neuf frères et sœurs (et de mes parents, naturellement). Du jour au lendemain, nous étions devenus des parias, David et Claire coupés de leurs cousins, de leurs grands-parents, de leurs oncles et tantes, et moi qualifié d'assassin, de traître et de salaud par ceux-là mêmes qui serraient nos enfants sur leur cœur un mois plus tôt. Je suis certain qu'Agnès n'avait pas imaginé qu'une telle condamnation fût possible (moi non plus, d'ailleurs, me dis-je, toujours assis silencieusement à mon bureau), et que lorsqu'elle fut prononcée, elle pensa que ça ne durerait pas, que l'unanimité allait se fissurer, et que très vite nos enfants retrouveraient leurs cousins. Mais l'unanimité ne s'était pas fissurée, au contraire, elle avait donné des signes de sa force grandissante à travers de nouvelles lettres de condamnation sans appel, de sorte qu'Agnès avait fini par prendre conscience, au fil des mois, que mon livre avait bel et bien fait de nos enfants des orphelins. Alors Rodrigo avait dû lui apparaître dans ce naufrage comme une sorte de recours, l'homme qui allait les sauver de la noyade, elle et ses enfants, leur réinventer une vie ailleurs, loin des miens qui leur avaient tourné le dos, et bien sûr loin de moi qui les avais plongés dans ce dénuement et ce chagrin.

David venait de fêter ses sept ans lorsque Agnès, enfin sûre de son choix, avait invité Rodrigo à prendre ma place dans notre maison, à notre table, dans mon bureau, dans notre lit. Plein de la haine qu'il éprouve aujourd'hui pour Rodrigo, David ne m'a jamais parlé de ces deux ou trois années durant lesquelles je l'ai très peu vu, si ce n'est un week-end sur deux, et généralement pour l'entendre me vanter les exploits de son beau-père (c'est l'époque de la bouteille de Perrier, me souviens-je, dans laquelle Hélène et moi devions souffler pour nous rendre compte de la nocivité du tabac), mais je devine que ces années lui pèsent, comme peuvent peser dans notre mémoire les souvenirs d'épisodes où notre confiance a été trahie, où nous nous sommes fait rouler dans la farine par angélisme, et voler une partie de notre âme (ou de notre argent). Et soudain, il était revenu s'installer complètement chez nous, disant qu'il ne voulait plus jamais revoir ce gros salaud de Rodrigo, *ce gros salaud*, répétait-il, qu'il envisageait même de tuer à l'arme blanche, Agnès me demandant simultanément de m'occuper de mon fils puisque j'avais à dessein sapé l'autorité de Rodrigo, de sorte que ses principes éducatifs que tout le monde s'accordait à louer, paraît-il, avaient fini par se heurter à la mauvaise volonté et au ricanement permanent de David.

Hélène pense que David ne s'est jamais remis d'avoir choisi son beau-père contre son père, de m'avoir trahi pour Rodrigo, veut-elle dire, à ce moment de sa vie. Mais pour juger de l'ampleur du désarroi de David à l'âge de dix ou onze ans, me dis-je, il faut prendre la peine de faire l'inventaire de tout ce qu'il a perdu depuis sa petite enfance triomphante : la maison de l'Oise où il avait Agnès pour lui tout seul (sauf la nuit où je la lui reprenais), sa position d'enfant unique et adulé avec l'arrivée de Claire, sa grand-mère maternelle, qui le portait aux nues, morte d'un cancer un an avant la publication de mon premier roman, tous ses cousins, par ma faute, et dans la foulée les inoubliables étés sur la plage de Saint-Malo, sa grand-mère paternelle, ma mère, que je n'aimais pas, mais qu'il aimait, lui (je passe sous silence Toto qui ne s'intéressait guère à ses petits-enfants, et dont David n'a pas de souvenirs, je crois), enfin le couple de ses parents, soudain pulvérisé, avant d'accoucher sous ses yeux de deux nouveaux couples qui lui avaient fait une place, certes, mais une place, me dis-je, qui n'a jamais valu celle qu'il avait occupée au temps béni de la maison dans l'Oise.

C'est un David apeuré et pitoyable, devenu de surcroît mauvais élève (alors qu'il était à l'aise en primaire), que j'étais parvenu à caser dans une petite école privée du vingtième arrondissement, notre nouveau quartier avec Hélène, pour lui éviter de redoubler. Il s'y faisait frapper et racketter, si bien qu'un soir sur deux je venais l'attendre à la sortie. Un jour, il m'avait montré ses agresseurs, des merdeux de quatorze ou quinze ans à grosses baskets vers lesquels je m'étais aussitôt dirigé, ivre de colère, avant d'en saisir un par le col et de lui hurler au visage que s'il touchait encore un cheveu de mon fils, je le tuerais, *tu m'entends, sale petit con, un seul cheveu de mon fils et je te tue !* Sur le moment, j'avais marqué un point, profitant de l'effet de stupeur, mais très vite ils s'étaient rendu compte qu'ils étaient très supérieurs en nombre, peut-être une dizaine au regard de nous qui n'étions que deux, alors ils avaient commencé à me donner des coups de pied dans les chevilles, à m'attraper par les épaules, et nous avions dû battre en retraite, puis carrément fuir sous des jets de pierres. Si David m'avait été reconnaissant de ma bonne volonté, il avait découvert à cette occasion, me dis-je, que j'étais à la fois stupide et vulnérable, ce qui n'avait sûrement pas contribué à restaurer l'image du père dont j'imagine qu'il rêvait, sévère et invincible, capable dans le même temps de le contraindre et de lui ouvrir la voie.

Pendant ce temps-là, Agnès et son frère Aurélien avaient cru trouver la solution : confier David à Aurélien qui habitait Grenoble avec sa femme et ses deux filles. Agnès était persuadée qu'Aurélien sauverait notre fils de la faillite où je le conduisais tout droit. Pourquoi pas ? m'étais-je dit sur le moment, conscient de mon incapacité à élever cet enfant. L'année suivante à la rentrée scolaire, j'avais donc conduit mon fils à Grenoble chez cet Aurélien qui avait été mon ami au temps où nous faisions de la moto ensemble (c'est lui qui m'avait présenté sa petite sœur, que j'avais épousée). Et cet Aurélien qui avait été mon ami m'avait fait une chose qui avait failli m'anéantir véritablement : il m'avait entraîné dans son bureau pour me faire signer des documents aux termes desquels je m'engageais à lui verser tant par mois pour l'éducation de mon fils. Nous avions fixé la somme ensemble quelques jours plus tôt au téléphone, ou plutôt Aurélien l'avait fixée, me l'avait proposée, et bien sûr je n'avais pas discuté. Qu'il me fasse signer ces espèces de reconnaissances de dettes m'avait soudain placé dans la position de Toto, j'avais revu mon père signant de tels papiers sur des coins de table, dans des cafés, le visage plein de tics dans de telles circonstances, et tandis que je signais à mon tour les papiers d'Aurélien, moi qui n'avais jamais supporté l'idée de ne pas rembourser une dette, si modeste fût-elle, Aurélien était sorti de ma vie, à jamais. C'était ça ou mourir de honte, de désespoir, là, dans son bureau. Aurélien était devenu dans la seconde un étranger pour lequel je n'avais désormais pas plus de considération que pour les huissiers qui avaient harcelé mon père sa vie durant.

C'était donc entre les mains d'un tel homme que j'avais laissé mon fils. Un an plus tard, je l'avais à peine reconnu : outre qu'il avait pris une tête de plus que moi, il fumait des américaines, portait des Ray Ban en toutes saisons et avait été initié au shit par ses cousines un peu plus âgées que lui. Grâce aux sommes que j'avais versées chaque mois (très élevées au regard de ce que me rapportaient mes livres) il avait skié tous les week-ends, s'habillait comme un dandy, prenait un air lugubre et agacé aussitôt qu'on lui adressait la parole et terminait son année de troisième avec une pluie d'avertissements et la mention « Admis à redoubler dans un autre établissement ». Il semblait que ni l'école ni Aurélien n'eussent envie de le garder un jour de plus dans leurs murs. Il était vraiment devenu épouvantable, me dis-je, toujours assis à mon bureau et me remémorant ce jour où je l'avais emmené au Train bleu, gare de Lyon, dans l'intention de bavarder, et où il avait feint de s'endormir, les Ray Ban sur le front, une cigarette éteinte aux lèvres, vautré en travers d'un canapé du salon de thé.

C'était après cette année à Grenoble que se situait l'épisode du lycée voué à l'apprentissage de la photo où Agnès était parvenue à le faire admettre mais dont il avait été presque aussitôt mis à la porte après avoir tagué les toilettes. Par la suite, nous avions très difficilement traversé les mois qui nous séparaient de sa majorité, lui alternant stages professionnels et périodes d'inactivité dans cette chambre dont il avait fait la caricature du garni d'adolescent en crise, guitare explosée collée au plafond dans un badigeon de goudron, coulures écarlates figurant le sang sur les murs repeints en noir, poupée poignardée sur un flanc d'étagère (une poupée volée à Coline qui n'en est toujours pas revenue), sol jonché de cendriers débordants et, pour animer le tout, l'incontournable Kurt Cobain qui allait bientôt se suicider, à moins que ce ne fût déjà fait, toute la rue en profitant car David souhaitait initier à la seule musique qui vaille à ses yeux nos connards de voisins, disait-il sans rire (ou parfois en ricanant). Et moi je me lève et je quitte mon bureau à cette évocation pour aller arpenter notre grande pièce, de plus en plus nerveux, incapable de rester en place, car me revient soudain à l'esprit que j'avais dû faire venir un ouvrier spécialisé pour décaper les murs et le plafond de la chambre de David après son départ. Déjà, me dis-je, et comme il vient de le *re*faire, il nous avait laissé toute sa merde à nettoyer. J'arpente notre grande pièce, et je suis tenté d'appeler à mon secours Hélène, ou plutôt Curtis, pour lui demander comment, dans l'état de colère où je me trouve, plein de ressentiment envers mon fils, je vais bien pouvoir écrire quoi que ce soit. Car bien sûr je vais écrire, comme je l'ai toujours fait, pour ne pas succomber sous le poids des événements. J'ai toujours écrit pour ne pas mourir d'accablement, me dis-je, pour *riposter*, aux curés de Sainte-Croix de Neuilly qui nous avaient virés en pleine année parce que Toto ne pouvait plus les payer, aux huissiers, à la Caisse des dépôts et consignations qui avait obtenu notre expulsion de Neuilly, à ma mère, aux miens, à Agnès, mais quels mots trouver pour riposter à son propre enfant ?

Je ne sais pas. Je tremble à l'idée de me mettre à écrire – je ne fais décidément que trembler durant ce printemps. Mais aussi, me dis-je, comme c'est étrange que tout arrive au même moment, mon impuissance à aimer Hélène, la honte et l'humiliation que m'inflige mon fils en marchant sur les traces de Toto, en me ramenant au temps où nous avions affaire aux huissiers, aux avocats, aux tribunaux, à tous ces gens qui me font horreur, enfin le départ d'Anna qui met un terme à cette famille que nous avions cru réussir mais d'où elle s'enfuit avec soulagement, exactement comme Hélène et moi nous étions enfuis de nos propres familles. On dirait que tout concourt à me signifier mon échec, la délitescence de tout ce que j'ai construit, et cependant je vais encore écrire, je le sais, d'une façon ou d'une autre je vais encore écrire, parce que je ne sens pas venu le moment de renoncer pour m'en aller tranquillement sur l'un de mes vélos, mon vieux *Singer* sans doute, le plus robuste avec ses roues de 650, comme il m'arrive d'en rêver, et de pédaler, de pédaler, jusqu'à tomber d'épuisement sur le bas-côté.

Par chance, je n'en suis pas encore à écrire, me dis-je, je dois avant me remémorer le départ de David. Il était monté de sa chambre bavarder avec nous, dans cette grand pièce que j'arpente nerveusement, là, tout de suite, et cela le jour de ses dix-huit ans. Maintenant que je suis majeur, nous avait-il dit, vous ne pouvez plus me forcer à quoi que ce soit. – Tu es majeur, oui. Ta vie t'appartient désormais. – Je compte travailler quelques mois et voyager le reste du temps. – Tu veux dire travailler juste ce qu'il faut pour te payer des vacances ? – Exactement, papa. Tu ne peux pas m'en empêcher. – Tu fais ce que tu veux, David, mais si tu te mets en vacances, tu assumes ta situation, je ne me sens plus aucune obligation à ton égard, ni celle de te loger ni celle de te nourrir. – Parfait, je ne te demande rien. – Alors tu quittes la maison, assumer sa vie ça commence par se loger et se nourrir soi-même. Quelques jours plus tard, il était parti. Pendant deux années nous ne nous étions pratiquement plus vus. Il avait dû louer une chambre, et l'argent qu'il avait gagné comme ouvrier avait été englouti dans son quotidien. Il n'avait pas pu prendre les vacances escomptées.

Tu m'as sauvé la vie en me foutant dehors, m'a-t-il déclaré un jour. De fait, c'était la première fois que je me comportais comme le père qu'il avait si longtemps espéré, un mur contre lequel il s'était fracassé. Mais je ne suis pas certain qu'il le pensait, c'est le genre de phrases, me dis-je, qu'on sort un peu malgré soi, dans un moment où l'on parvient à faire taire ses ressentiments, à étouffer sa colère, pour adhérer à la logique du chef. Il avait déclaré cela, me semble-t-il, alors que nous avions rétabli le contact et qu'il réalisait son premier documentaire (celui dont j'étais le producteur) – le récit des relations complexes de ses potes de Fontenay avec leurs pères. D'ailleurs, s'il avait été convaincu par sa profession de foi, me dis-je, il ne m'aurait pas précipité dans sa merde cinq ans plus tard, comme il vient de le faire, en me refilant toutes ses dettes.

En faisant cela, il infirme ce qu'il prétendait : non seulement je ne lui ai pas sauvé la vie, me signifie-t-il, mais je demeure en dette à son égard.

Bien sûr, ma chérie, avais-je promis, je viendrai un week-end avec mes outils et je te ferai tous tes travaux. – Ah, merci papa. Et tu pourras me fixer aussi mes tringles à rideaux ? – Oui, bien sûr. Fais la liste de tout ce que tu dois me demander, si tu veux, comme ça tu seras tranquille. Pourquoi est-ce si facile avec mes filles, me dis-je, déchargeant mes caisses à outils de ma vieille Peugeot 605 que j'ai garée au pied du nouvel immeuble de Claire, et toujours si compliqué avec mon fils ? Grimpant au sixième étage sans ascenseur, une caisse sur l'épaule, l'autre au bout de mon bras, il me revient soudain que les rideaux que David avait abandonnés dans son appartement, ceux qui étaient tout crottés de terre, tordus par la pluie et le vent, eh bien c'est Hélène et moi qui les lui avions offerts. Mais d'ailleurs, les étagères aussi, me souviens-je, celles qu'il avait arrachées des murs et laissées là, bien en évidence, parmi les pots de terre cassés et les ordures. Et la presse de menuisier du père d'Agnès… je l'avais conservée en souvenir de cet homme que j'avais beaucoup aimé, et c'est David lui-même qui me l'avait demandée. Quel enfoiré, me dis-je alors, arrêté et haletant au quatrième palier, il a laissé à dessein tout ce qui venait de nous ! Et à cet instant seulement me revient un autre détail auquel je n'avais pas prêté attention lorsque j'avais découvert son dernier mail, trop ému, trop tremblant, celui où il m'écrivait tu n'as qu'à te dire que cet argent est pour échange comptant de mon nom dans ton livre, que j'ai brûlé, c'est qu'il avait joint en post-scriptum un texte de Peter Handke, extrait de *Par les villages*, que nous connaissons tous par cœur dans la famille. Nous l'avions découvert encadré dans nos toilettes, oublié par le précédent locataire, et l'avions conservé là depuis, près de vingt années durant donc, parce qu'il nous paraissait, à Hélène comme à moi, plein de poésie.

D'ailleurs, je suis en mesure de le réciter, me dis-je, ayant eu tout le temps de l'apprendre au fil des heures passées sur la cuvette des chiottes, et c'est donc ce que je fais, là, toujours arrêté avec mes outils au quatrième palier :

« Joue le jeu. Menace le travail encore plus. Ne sois pas le personnage principal. Cherche la confrontation. Mais n'aie pas d'intention. Évite les arrière-pensées. Ne tais rien. Sois doux et fort. Sois malin, interviens et méprise la victoire. N'observe pas, n'examine pas, mais reste prêt pour les signes, vigilant. Sois ébranlable. Montre tes yeux, entraîne les autres dans ce qui est profond, prends soin de l'espace et considère chacun dans son image. Ne décide qu'enthousiasmé. Échoue avec tranquillité. Surtout aie du temps et fais des détours. Laisse-toi distraire. Mets-toi pour ainsi dire en congé. Ne néglige la voix d'aucun arbre, d'aucune eau. Entre où tu as envie et accorde-toi le soleil. Oublie ta famille, donne des forces aux inconnus, penche-toi sur les détails, pars où il n'y a personne, fous-toi du drame du destin, dédaigne le malheur, apaise le conflit de ton rire. Mets-toi dans tes couleurs, sois dans ton droit, et que le bruit des feuilles devienne doux. Passe par les villages, je te suis. »

Et alors je ne peux pas m'empêcher d'imaginer mon fils ricanant tout seul à l'idée de me renvoyer à la figure cette leçon de vie qui a bercé toute son enfance, me demandant ce que penserait Handke d'être mis à contribution pour justifier un tel acharnement à me nuire. Mais il est vrai qu'on peut tout faire dire à ce texte qui me semble être soudain une apologie du ricanement, tout ce que je déteste en vérité. Comment ne m'en suis-je pas rendu compte plus tôt, me dis-je, moi qui ne me foutrai *jamais* du drame du destin et qui jusqu'à la fin chercherai à avoir le dernier mot, à en écrire quelque chose en tout cas ?

Quel bonheur de bricoler, me dis-je, enfin parvenu au sixième et préparant ma perceuse pour sceller au-dessus du lavabo la petite armoire à glace qu'a choisie Claire chez Ikea. Pendant ce temps-là, elle nous prépare du café. Ah, papa ! s'est-elle exclamée en ouvrant la porte, et aussitôt je me suis senti réconforté. Aucune de mes filles ne m'a jamais demandé d'être différent de ce que je suis, me fais-je la réflexion, cherchant le bon foret à genoux sous le lavabo, tandis que j'ai toujours croisé dans le regard de David une forme d'agacement. Oui, mais pour mes filles, et pour Hélène aussi, il suffit que j'apparaisse avec mes caisses à outils et aussitôt je suis un magicien. Elles ne veulent pas savoir comment marchent les choses, et que je sois capable de réparer la chasse d'eau, de faire venir l'électricité ici ou là, de suspendre aux murs aussi bien des placards que des rideaux me grandit bien plus à leurs yeux, je crois, que tous les livres que je pourrais écrire. Non, ce n'est pas exactement ça, c'est plutôt que dans leur esprit les livres sont mon affaire, tandis qu'à travers le bricolage je remplis la mission qu'elles attendent d'un père de famille. Oui, voilà, me dis-je, je suis le père de famille idéal à leurs yeux simplement parce que je sais bricoler. C'est une chose que j'ai apprise de Toto qui était assurément le roi du bricolage, et lorsque j'ai acheté ma perceuse, il y a vingt-quatre ans, débarquant dans notre maison en ruine de Fontenay où tout était à refaire, j'ai eu à cœur de prendre une Peugeot, comme l'avait fait Toto, et cela en dépit des conseils pressants du vendeur qui me retirait systématiquement la Peugeot des mains pour la remplacer par une Black et Decker, bien plus performante, selon lui, pour un prix équivalent. Peut-être, lui avais-je dit à la fin, mais je vais quand même prendre la Peugeot parce que je préfère sa couleur à celle de la Black et Decker, et là j'avais constaté avec satisfaction qu'il n'avait plus trouvé aucun argument à m'opposer. Toto était le roi du bricolage, et j'étais son acolyte, son bras droit, si j'ose dire, mais notre mère n'avait aucune considération pour son talent, ne faisant que l'humilier et lui hurler dessus, de sorte que pendant des décennies je n'avais pas pris la juste mesure de tout ce que Toto m'avait appris. C'est Hélène la première qui a paru véritablement éblouie par l'étendue de mon savoir, me dis-je (Agnès s'en foutait, elle avait l'air de considérer que ça allait de soi), Hélène qui venait me trouver dans notre premier appartement et qui, testant la nouvelle chasse d'eau, ou admirant les placards suspendus de la cuisine, s'écriait chaque fois oh merci, mon chéri ! Et puis après ça, elle me caressait souvent le visage, répétant merci mon chéri en se dandinant d'une jambe sur l'autre, l'air de ne pas y croire, comme si j'avais sorti le placard de mon chapeau et qu'il se tenait là, en lévitation au-dessus de l'évier, selon une formule dont j'étais le seul à détenir le secret. Hélène aussi, me souviens-je soudain, qui toujours me remerciait d'avoir bien conduit quand nous rentrions de voyage avec les trois filles endormies à l'arrière de la Peugeot, Claire et Anna couchées l'une sur l'autre, et Coline sanglée dans son petit siège, alors que jamais me serait venu à l'esprit qu'on pût me remercier pour une telle entreprise. Mais Hélène met de l'élégance et de la beauté dans tout ce qu'elle touche, me dis-je, on se sent précieux et beau sous son regard, sous ses caresses, et soudain me revient à l'esprit que nous ne nous caressons plus, justement. Mais depuis quand ? Depuis quand est-ce que ce tremblement qui me saisit aussitôt que je pourrais la prendre dans mes bras, nous isole-t-il l'un de l'autre ? C'est une telle douleur d'y repenser, soudain, qu'oubliant que je suis agenouillé sous le lavabo, je me relève brusquement et m'y cogne le crâne.

— Merde ! dis-je.

Et Claire, accourant :

— Tu t'es fait mal, papa ?

— Non, c'est rien, je suis vraiment con.

— Le café est prêt, tu veux le prendre maintenant ?

Avec Claire, lorsque nous n'avons rien de grave à nous dire, j'ai remarqué que nous parlons toujours du temps où elle était petite. C'est moi qui ai dû instituer ça, pour lui dire de façon plus ou moins détournée combien je l'aime, parce que je suis conscient que le sujet ne la passionne pas, tout en la touchant vaguement malgré tout.

— À certains moments, tu as toujours ta tête de petite fille, Claire.

— Mais qu'elle est mignonne, on dirait un grain de maïs ! s'écrie-t-elle aussitôt en prenant exactement mon intonation.

— Tu te souviens quand je t'avais emmenée à Dinard manger une glace…

— Mais oui, je ne risque pas de l'oublier, il y a même une photo… Je suis toute grosse, on dirait un poussah.

— C'est cet été-là que tu es tombée de la table.

Je t'avais laissée le temps d'attraper une couche… Je crois que je n'ai jamais eu aussi peur de ma vie. Après, en allant à l'hôpital, je guettais si tu ne vomissais pas. Le médecin m'avait dit si elle vomit, c'est mauvais signe. Oh là là, quel cauchemar ce truc…

— Oui, mais c'est bon, là, papa, je vais bien, et en plus je n'avais rien du tout. Au fait, Anna va passer, et peut-être Hélène si elle a le temps.

— Ah bon.

— Tu te rends compte qu'elles ne connaissent toujours pas mon appartement !

— Ça fait huit jours que tu y habites, Claire.

— Oui, ben quand même, si je comptais un peu dans leur vie, elles seraient déjà venues. Au moins, Coline nous a aidés pour le déménagement, elle.

La vie n'a aucun pouvoir de nuisance contre le bricoleur, contre *le bon* bricoleur, me reprends-je, revenu à mon armoire à glace. Elle, si raisonneuse aussitôt qu'on veut la mettre en mots, nous égarant à dessein, exactement comme le fait Peter Handke, me dis-je, dans ce texte idiot qui dit à peu près tout et son contraire si on prend la peine d'y réfléchir, se laisse ici domestiquer sans protester, vaincue par la puissance de la perceuse, par l'intelligence du bricoleur et la force de ses outils. Mais ça rentre comme papa dans maman, se félicitait autrefois Toto après avoir expédié sa cheville dans le trou de quelques coups de marteau bien ajustés. Répétant le même geste, avec la même habileté, je ne peux pas m'empêcher de me redire silencieusement cette phrase dont la vulgarité ne m'était pas apparue, enfant, mais dont je devine la surprise qu'elle susciterait chez Claire si je la formulais tout haut. Mais papa tu es glauque ! Comment peux-tu dire une chose pareille ? Et devant ta fille en plus… Et bien sûr elle raconterait la chose à Anna qui me regarderait d'en dessous ses sourcils, à la fois incrédule et amusée, c'est vrai que t'as dit ça, papa ? – Anna, c'était un truc de mon père… Vous n'allez pas m'en chier une pendule ! – Oui, ben ton père c'était un gros dégueulasse, reprendrait Claire, et t'es pas forcé de devenir comme lui. Par chance, Hélène éclaterait de rire, à la fois pour me sortir de cette histoire et parce que c'est le genre d'expression qui flatte son côté voyou. On s'est bien fendu la gueule, dit-elle parfois, rentrant d'un dîner où je ne l'ai pas accompagnée et retrouvant soudain les accents de la petite voleuse qu'elle fut à quatorze ou quinze ans. On s'est bien fendu la gueule, et alors je la regarde à la dérobée, ne comprenant pas comment autant de vulgarité peut jaillir d'un visage aussi plein de grâce.

L'armoire à glace posée, je m'attaque au porte-serviettes pendant que dans la pièce à côté, son téléphone vissé sur l'oreille, Claire vante les mérites de son nouvel appartement à toutes ses copines. C'est trop bien, dit-elle toutes les trois phrases. Elle n'a que vingt-deux ans, l'âge qu'avait Agnès l'année où nous sommes partis pour le continent américain sur un cargo mixte avec l'intention plus ou moins avouée de nous exiler. Jamais Claire ne ferait une chose pareille, me dis-je, Agnès et moi l'avons dégoûtée pour toute sa vie des ruptures et des déménagements. Elle ne cherche pas encore à savoir d'où lui vient cette ardeur pour l'enracinement, pour un appartement comprenant tout le confort où elle peut passer son week-end à déambuler, heureuse de lire un moment dans son fauteuil, puis de regarder le printemps et les garçons par sa fenêtre, mais un jour elle comprendra que c'est de notre faute et peut-être nous en voudra-t-elle. Alors il me revient que trois ans peut-être après avoir acheté notre maison de Provence, cette maison d'Afrique du Nord si atypique dans cette région de vieux mas, Hélène m'avait avoué qu'elle ne s'y sentait pas bien et j'avais aussitôt décidé qu'en ce cas nous devions la revendre. Une petite annonce avait été passée et bientôt un couple s'était présenté pour la visiter. Claire, qui devait avoir dix ans cet été-là, et à qui je n'avais encore rien dit, avait observé ces gens traverser notre jardin depuis un muret où elle s'était perchée. Qu'est-ce qu'ils sont venus faire chez nous le monsieur et la dame ? m'avait-elle demandé un moment plus tard, toujours perchée sur le muret. – Je ne t'ai pas encore prévenue, ma chérie, mais nous allons sans doute vendre la maison parce qu'elle ne correspond pas exactement à ce que nous voulions. Et soudain, j'avais vu tout son petit visage se froisser. Oh non papa, vous ne pouvez pas vendre notre maison… – Mais on en rachètera une autre aussitôt, ma chérie. Je te le promets. Une qui sera certainement plus belle, et plus grande. – Non, c'est celle-là la nôtre, en plus tu disais que tu l'aimais. – Mais je l'aime, Claire. Je l'aime énormément. Ne pleure pas, ma chérie, je t'en supplie. – Je ne veux pas que vous la vendiez. – Je comprends, ça me fait de la peine aussi, tu sais. – C'est pas possible, papa… Et je l'avais prise dans mes bras, le cœur complètement explosé, cherchant des mots pour la consoler, tout en sachant bien qu'il était impossible de garder une maison dans laquelle Hélène ne trouvait pas sa place. Par bonheur, constatant que j'avais été prêt à la vendre (par amour pour elle, bien sûr), Hélène avait très vite reculé et j'avais pu annoncer à Claire que jamais nous ne vendrions cette maison-là, jamais, je te le promets ma chérie. Elle avait assisté à la vente des deux maisons de Fontenay (puisque nous avions revendu la petite, une fois les travaux finis, pour en acheter une plus grande qu'Agnès avait vendue peu après notre séparation), puis Rodrigo avait dit à Claire qu'elle était chez elle dans sa maison du Sud, et Agnès lui avait offert un cheval dans la foulée, avant que tout lui soit repris parce qu'elle ne se décidait pas à aimer Rodrigo. On ne pouvait pas lui refaire le coup avec la maison de Provence dans laquelle elle avait apporté tous ses trésors d'enfant, persuadée que jamais on ne la chasserait d'ici. On ne pouvait pas.

Depuis toujours, je veille sur Claire comme au lait sur le feu, me dis-je, vissant soigneusement son porte-serviettes, et cependant cette fois la vie m'avait si bien piégé que j'avais dû la blesser, *par la faute d'Hélène*, sachant bien qu'au fond jamais je ne pourrai pardonner à Hélène les sanglots de Claire, ce jour-là. Même en dépit de tout l'amour qu'Hélène a donné à Claire ? Oui, même en dépit de tout cet amour, me dis-je, parce que j'aurais pu donner un de mes reins, ou peut-être même tous mes livres, pour que cette scène n'existe pas, qu'elle ne soit pas là, enkystée pour toujours dans ma mémoire.

— Ça va papa ? Tu ne veux pas un autre café ?

— Non, j'ai fini la salle de bains. Si tu veux, maintenant, on peut monter ta bibliothèque.

Oui, depuis toujours je veille sur Claire comme au lait sur le feu, me dis-je de nouveau, observant que ses mains tremblent tandis qu'elle lit la notice de montage de la bibliothèque.

— Laisse, ma chérie, je crois qu'on peut se passer de la notice.

Et en moi-même je songe, ce n'est sûrement pas grave ce léger tremblement, Agnès l'a toujours eu et elle se porte très bien à cinquante ans passés, ça doit être une question de tension.

Bientôt on sonne, tandis que nous sommes tous les deux agenouillés au milieu des éléments de la bibliothèque.

— Ça doit être Anna, dit Claire en se relevant.

Mais ce n'est pas Anna, non, c'est Hélène. Elle

entre avec son petit blouson bleu en skaï qui serait vulgaire sur n'importe qui d'autre, ses longues jambes, ses talons hauts, son chignon retenu par une de ses grosses barrettes, n'importe comment, d'où s'échappent des petites mèches brunes entortillées qui s'agitent comme des clochettes autour de son beau visage, et aussitôt elle dit, encore essoufflée par les six étages, les narines dilatées :

— Mais c'est magnifique, Claire ! Bien mieux que le précédent.

— Ah tu vois, dit Claire, dont le visage s'illumine. J'étais sûre qu'il te plairait.

— Et pour le même prix que l'autre, c'est dingue quand même !

— L'autre qui ne faisait que brûler dans cet immeuble de cinglés, dis-je.

Hélène parcourt les deux pièces, la salle de bains, ouvre le grand placard du vestibule.

— Trop bien, dit-elle, le placard. Quelle enfant gâtée, cette Claire !

— Oui, ben c'est moi qui l'ai trouvé toute seule, hein…

— Je plaisantais, ma chérie. Tu m'embrasses, quand même ?

— Tu vas encore dire que je suis la petite fille à son papa et tout et tout…

— Ah oui, ça je vais le dire, ton papa qui est trop content de passer le week-end à installer sa fille, dit-elle en se moquant, laissant traîner au passage une main dans mes cheveux.

Après ça, elles finissent le café, et quand Claire allume une cigarette, Hélène la lui pique pour tirer une taffe.

— J'en prendrais bien une moi aussi, dis-je, toujours agenouillé parmi les éléments de la bibliothèque. Tu me la passes ?

— Marc, tu ne vas pas te remettre à fumer !

— Et toi, qu'est-ce que tu fais là ?

— Moi, c'est pas pareil.

— Bon, nous interrompt Claire, vous n'allez pas vous disputer. Hélène a raison, papa, tu ne dois pas te remettre à fumer.

Je lui rends sa cigarette, et pendant qu'elles bavardent toutes les deux me revient une scène dans le studio de l'île Saint-Louis que j'avais loué après ma séparation d'avec Agnès. Il n'y avait rien dans ce studio, juste un grand lit que m'avait laissé la propriétaire, et je m'étais fait un bureau avec une planche et deux tréteaux. Quand Hélène, que je venais juste de rencontrer, me rejoignait, nous fumions tous les deux, allongés sur la moquette. J'avais arrêté de fumer quand Agnès attendait David, et repris après l'écriture de mon premier roman, quand elle m'avait quitté pour Rodrigo. Ça va, Marc ? me demandait Hélène (elle ne disait pas encore mon chéri en ce temps-là). – Ça va, oui. – Non, je vois bien que ça ne va pas du tout. Ce sont tes enfants qui te manquent ? – Ils me manquent beaucoup, oui. Mais Agnès aussi me manquait terriblement, et me remémorant tout ce que j'aurais donné alors pour la reprendre dans mes bras, ne serait-ce qu'une heure, je lève soudain les yeux sur Hélène et je suis étonné d'être traversé, à vingt ans d'intervalle, par le même désir teinté de désespoir, ou d'impuissance : mon Dieu, me dis-je, je donnerais tout pour pouvoir reprendre Hélène dans mes bras, sans trembler, comme je la prenais dans mes bras dans ce studio de l'île Saint-Louis, quand nous avions fini nos cigarettes et que tranquillement, puis fébrilement, nous commencions à nous déshabiller.

Puis de nouveau on sonne, et cette fois c'est Anna. Aussi brune que Claire est blonde, l'une et l'autre des répliques de leurs mères. Il n'y a pas longtemps qu'Anna a découvert combien elle est jolie avec le même chignon qu'Hélène, me dis-je, l'observant embrasser Claire, et le jour de cette découverte je m'étais bien gardé de lui faire part de mon enthousiasme, me souvenant que la trouvant adorable avec les cheveux courts, à dix ou onze ans, je l'avais tellement énervee avec mes compliments qu'elle avait prétendu être très moche au contraire, toi, papa, tu n'y connais rien de toute façon, et qu'elle avait laissé ses cheveux repousser.

— Ça te va très bien d'être coiffée comme ça, dit Claire, sans se douter de rien.

— Ah bon, ah bon, fait distraitement Anna.

L'air de rien, n'est-ce pas, mais se rehaussant imperceptiblement pour être encore plus séduisante dans le regard de Claire qui est la représentante, à ses yeux, de tout ce qui se dit et se porte entre Bastille, Saint-Paul et République, tandis que si le compliment était venu de moi, me dis-je, elle serait peut-être allée jusqu'à dénouer son chignon pour me prouver combien mon avis était contre-productif, si j'ose dire.

— Salut maman, glisse-t-elle de sa petite voix flûtée, en s'approchant d'Hélène, mais sans l'embrasser, se contentant de lui toucher l'épaule.

— Alors qu'est-ce que tu penses de mon appartement ? s'impatiente Claire.

— Déjà l'immeuble est trop bien. Les vieux immeubles c'est bien plus joli.

— Viens, je te fais visiter.

Claire montre le placard intégré du vestibule, la salle de bains, la pièce où nous nous tenons avec Hélène, qui héberge le coin cuisine, puis la chambre à coucher.

— T'as trop de chance, dit Anna, quand tu t'en iras, il sera pour moi cet appartement.

— Mais je ne vais pas m'en aller, c'est toi qui t'en vas !

— Oui, mais quand je rentrerai d'Angleterre…

— Ça, je ne crois pas que je te le passerai, non. Tu sais, je peux très bien vivre ici avec un garçon, et même avoir un enfant.

— Remarque oui, parce que c'est grand quand même… Tu me fais un café, maintenant ? Puisque tu es chez toi, c'est normal hein.

— Bon, d'accord.

— Les filles, je vous laisse, les interrompt Hélène. Elle pince les fesses de l'une, tire l'oreille de l'autre, puis se penchant sur moi à ce soir mon chéri, elle se dirige vers la porte et un instant plus tard elle n'est plus là. Peut-être va-t-elle travailler à son bureau, elle aime y aller le week-end, ou prendre un café avec une amie, ou s'acheter une nouvelle paire de chaussures qu'elle a repérée la veille tandis que la boutique était fermée, peut-être a-t-elle un dîner et en ce cas elle rentrera tard, elle ne dit pas ce qu'elle fait, et au dernier moment elle appelle tu n'as pas oublié que je rentre tard mon chéri ? – Je ne risque pas d'oublier puisque je ne le savais pas. – Marc, je te l'ai dit ce matin. – Non, tu as cru me le dire, mais tu es partie sans me prévenir. De toute façon, ça n'a aucune importance, Hélène, passe une bonne soirée. – Mais je t'assure, c'est toi qui n'écoutes jamais ce qu'on te dit. – Ça n'a aucune importance, ma chérie. – Demain, tu voudras bien qu'on prenne un café ensemble ? – Demain, c'est dimanche ? – Oui Marc, demain c'est dimanche, et aujourd'hui c'est samedi, et hier… – D'accord, d'accord… Eh bien oui, demain j'arrêterai d'écrire vers midi et on ira chercher le pain ensemble et boire un café. Quand j'écris, me souviens-je, nous vivons encore plus chacun dans notre bulle, et c'est Hélène qui semble tenir à ce café du dimanche matin, comme si elle prenait peur soudain. Je ne te dis pas assez souvent combien je t'aime, m'écrit-elle parfois au milieu d'une journée, et entendant arriver son SMS, aussitôt je lui réponds tu es dans mon cœur, Hélène, nuits et jours tu es dans mon cœur, et quoi que je fasse. Tiens, me dis-je, commençant à assembler les éléments de la bibliothèque de Claire, ça fait longtemps qu'Hélène ne m'a plus envoyé ce genre de petits mots, oui, ça fait longtemps, mais comment y songerait-elle alors que nous ne passons plus nos nuits ensemble, alors que nous sommes en plein chaos, que je dors n'importe où sauf auprès d'elle après avoir erré sur le boulevard de Belleville ? Comment y songerait-elle ? Me revient alors le souvenir du jour où elle m'a dit tu sais, Marc, ça commence à m'atteindre. – Quoi Hélène ? – Que tu ne puisses plus dormir avec moi. Et l'angoisse qui m'avait saisi sur le moment ressurgit aussitôt des profondeurs, et soudain je me relève et je cherche fébrilement mon téléphone.

— Qu'est-ce qui t'arrive papa ? s'inquiète Anna qui bavardait tranquillement avec Claire près de l'évier.

— Rien, rien, j'ai oublié de dire un truc important à Hélène.

Demain c'est dimanche, écris-je, tu ne veux pas qu'on boive un café ensemble ? Et mon texto envoyé, je me remets à la bibliothèque de Claire, agenouillé sur le plancher, légèrement fiévreux, mon téléphone posé bien en évidence sur un coin de ma caisse à outils. Non, me répond Hélène, je pensais que tu serais chez Claire, j'ai prévu de faire le marché avec mes copines. – Ah d'accord. Dommage. Mais une heure plus tard, peut-être, tandis que la bibliothèque est presque montée et qu'Anna et Claire discutent du meilleur endroit où la placer, un nouveau texto d'Hélène m'arrive : tu as un grand papier dans *L'Hebdomadaire*, magnifique, enfin je crois. Demande à Claire d'aller te l'acheter.

— J'ai un grand papier dans *L'Hebdomadaire*, dis-je à mes filles.

— Trop bien. Tu veux qu'on descende te le chercher ?

— Non, non, je vais y aller.

Magnifique, *enfin je crois*, ajoute Hélène, parce qu'il lui est arrivé de trouver excellent un article dont la bêtise m'atterrait. Enfin Hélène, ne me dis pas que c'est un bon papier. – Je t'assure qu'il donne envie de lire ton livre, c'est ça l'essentiel. – Moi, il me donne plutôt envie de m'exiler, j'ai l'air d'un crétin souffreteux. – Marc, tu es le moins bien placé pour juger… C'est à cela que je songe, descendant les six étages de Claire pour aller acheter *L'Hebdomadaire*. Bien sûr que je ne vais pas demander à mes filles d'y aller à ma place, me dis-je, certainement pas, je les emmerde déjà toute l'année avec mes migraines, mes insomnies, sans parler de mes dépressions, je ne vais pas en plus leur imposer la lecture des critiques une fois le livre fini. Mais c'est vrai, l'article est magnifique, intelligent, bienveillant. Je me souviens de la tête du journaliste, il avait tenu à me rencontrer chez nous, et il était resté si longtemps dans notre grande pièce qu'à la fin Hélène était arrivée de son travail et lui avait aussitôt proposé de dîner avec nous. Peut-être s'était-il attardé exprès pour la rencontrer, me dis-je, puisqu'elle est plus ou moins présente dans tous mes livres. Peut-être qu'il n'aurait pas écrit un article si subtil, si sensible, s'il n'avait pas bavardé avec elle. J'avais eu la surprise d'entendre Hélène parler de moi tout en l'observant préparer le dîner auquel je n'avais pas pu me consacrer, de la façon dont je travaillais, dont j'étais présent à la maison, auprès de nos filles, et de tout ce qu'elle disait il émanait de nous amour et sérénité. Elle s'était dispensée de raconter comment j'avais dévissé au début de mon autobiographie au point de vouloir mourir. Il est vrai qu'elle n'avait aucune raison de s'y arrêter puisque je consacrais plusieurs pages à cet épisode dans mon livre. Mais soudain, planté sur le trottoir avec mon journal, me revient de très loin des bribes d'une scène avec Agnès, dans notre petite maison de Fontenay, une scène étonnamment semblable à celle que nous avions vécue ce soir-là avec le journaliste de *L'Hebdomadaire*. Une amie d'Agnès était venue dîner, une grande fille un peu ingrate, vaguement artiste (un atelier de poterie, si mes souvenirs sont bons), célibataire, qui avait semblé toute la soirée éblouie par notre félicité, et il est exact qu'après avoir failli succomber aux travaux de notre maison, puis à la maladie de David au moment de la naissance de Claire, nous venions d'entrer depuis peu dans une zone anticyclonique,

Agnès donnant le sein à Claire sur notre joli canapé (un vieux truc fraîchement retapissé), David jouant tranquillement au milieu de la pièce (sans chercher à me mordre les fesses, pour une fois), tandis que je mettais la table avec nonchalance. Cette fille avait fait parler Agnès, puis j'étais intervenu, et je ne sais pas pourquoi, nous donnant ainsi la réplique, nous avions dressé de nous un portrait absolument idyllique d'où il ressortait que notre amour était venu à bout de toutes les épreuves que nous avait envoyées le ciel. Nous avions gommé la dépression d'Agnès, la crise d'hystérie qui m'avait valu d'être quasiment viré du journal où je travaillais (j'allais enfin devenir écrivain comme je l'avais toujours voulu), le fait qu'Agnès n'avait plus aucune envie de faire l'amour avec moi et que je la trompais donc régulièrement, pour ne retenir que cette image d'Épinal de la famille parfaite. Nous n'avions rien dit des orages qui menaçaient, dont nous avions pourtant le pressentiment (enfin Agnès, qui me l'avouera plus tard, car moi je n'avais rien vu venir), tout à la satisfaction un peu cruelle, un peu perverse, me fais-je la réflexion, là, sur le trottoir, d'accabler cette pauvre fille de notre bonheur. Cependant, Rodrigo était apparu quelques mois plus tard avec son 4 × 4, son couteau suisse et sa maison dans le Sud et il n'en avait pas fallu plus pour nous réduire en miettes.

Je suis blessé que cette scène me soit revenue à l'esprit au moment justement où je songeais à Hélène parlant à ce journaliste, et aussitôt je me remémore combien j'adhère, la plupart du temps, aux propos d'Hélène, à l'intelligence qu'elle met invariablement dans ses explications, dans ses relations avec les autres, tandis que j'étais souvent choqué, me dis-je, par l'étroitesse d'esprit d'Agnès. Oui, mais il n'empêche que c'est bien la scène avec le journaliste qui a ranimé du tréfonds de ma mémoire la soirée avec cette grande fille dans notre maison de Fontenay. Si c'était un étranger qui avait fait devant moi le rapprochement entre les deux événements, me dis-je, j'aurais sûrement prétendu que ça n'avait rien à voir, vivement protesté, enfin comment pouvait-on comparer ma relation avec Hélène au couple étriqué et immature que nous formions avec Agnès ? Mais là, je ne pouvais m'en prendre qu'à moi. Et un peu abattu je reprends le chemin de l'appartement de Claire.

— Salut papa, dit Coline en m'ouvrant.

— Eh bien tu es là, toi ?

— Je t'ai vu dans la rue avec ton journal et tu ne m'as même pas regardée.

— Qu'est-ce que c'est que cette histoire ?

— Je te promets, je suis passée à côté de toi et tu n'as même pas levé les yeux de ton journal.

— Mais Coline, il fallait me parler !

— Je t'ai parlé. J'ai dit : bonjour papa. Mais tu n'as pas arrêté de lire. Tu t'en fiches complètement de moi, de toute façon, je sais bien que tu préfères ton journal.

— Je n'ai pas entendu, Coline. Enfin, comment

peux-tu croire une chose pareille : que je préfère rester le nez dans un journal plutôt que de t'embrasser ? Comment peux-tu croire une chose pareille ? Il fallait me secouer par la manche.

— Ben ça, sûrement pas. Après, tu dis que je t'empêche tout le temps de travailler.

— Alors il est bien l'article ? intervient Claire, en train de fumer près de sa fenêtre ouverte.

— Oui, très bien. Où est Anna, elle est déjà repartie ?

— Non, dans la salle de bains. Tu me le montres, l'article…

— Bien sûr, quand c'est Anna, dit Coline, restée dans le vestibule, tu veux toujours savoir où elle est. Ta petite chérie.

— Excuse-moi, Coline, dis-je en me retournant. Viens m'embrasser.

— Non, je sais très bien que tu ne m'aimes pas, c'est pas la peine de faire semblant.

— Je t'aime, ma Coline. Viens m'embrasser s'il te plaît.

Et là tout de même elle se décide. Mais je ne dois pas l'embrasser dans les cheveux, seulement sur la joue, et à l'emplacement qu'elle désigne silencieusement avec son doigt. Ensuite, nous ne bougeons plus, pressés l'un contre l'autre.

— Papounet, souffle-t-elle. C'est vrai que tu m'aimes ?

— Oui, ne t'en fais pas, ma chérie, je suis là et je t'aime.

Hélène prétend que Coline est celle de mes quatre enfants qui me ressemble le plus. C'est à cette réflexion que je songe, m'attelant à fixer la bibliothèque contre le mur. Coline est celle qui dit tout haut ce que tout le monde pense tout bas. Tu t'es disputé avec maman. – Pas du tout, Coline. Pourquoi dis-tu ça ? Je ne me dispute jamais avec Hélène. – Alors pourquoi tu ne dors plus avec elle ? – Parce que j'ai des insomnies, je l'empêche de se reposer. – Oui, bon, tu crois peut-être que je suis aveugle. La mouche du coche. N'en ratant jamais une, n'est-ce pas. Est-ce qu'enfant j'étais comme ça, disant tout haut ce que personne n'avait envie d'entendre ? Oui, peut-être. Mais Coline est bien plus éveillée que je ne l'étais au même âge, décryptant sans cesse les relations entre les gens, ne se laissant pas abuser par l'écorce, haïssant les mondanités au point de devenir impossible quand nous avons des invités. Il ne lui a jamais échappé, me dis-je, qu'Anna me touche d'une façon particulière, et comme je ne veux pas le reconnaître, elle me harcèle avec ça depuis l'âge de cinq ou six ans. Anna, ta petite chouchou, ta petite chérie, dit-elle. Et comme je persiste à nier, elle ne lâche pas l'affaire. Comment lui expliquer que j'ai sans cesse peur qu'Anna trébuche, qu'Anna, qui est pourtant si brillante, trébuche sur des choses de la vie qu'elle n'aurait pas comprises, tandis que je fais confiance à Coline qui est aussi entêtée que moi, et bien plus culottée qu'Anna, pour tailler sa route sans se faire avoir. Comment lui dire que j'ai sans cesse peur pour Anna, tandis que je n'ai pas peur pour elle ? Est-ce que ça veut dire que j'aime plus Anna, comme elle se l'imagine ? Mais non, bien sûr, c'est seulement que je suis rassuré quand je vois avec quelle agressivité David, Claire et Coline surmontent leurs déceptions, tandis que les silences d'Anna, aussitôt qu'elle a une déconvenue, me brisent le cœur.

C'était exactement le mardi qui avait suivi ce week-end chez Claire. Hélène m'avait appelé au milieu de la journée, j'ai envie qu'on parte deux jours à la mer tous les deux. – Oui, moi aussi. Ça fait longtemps. – Au milieu de la semaine, tu vois, pour échapper à la cohue. – Où voudrais-tu aller ? – On pourrait retourner au Touquet, non ? Mais dans cet hôtel qui est sur la plage, tu sais. – Oui, je vais retrouver son nom. J'appelle tout de suite pour réserver. Quels jours ? – Ça t'irait, toi, jeudi et vendredi ? – Jeudi et vendredi de la semaine prochaine, tu veux dire ? – Ben non, de cette semaine. – Ah, excuse-moi, je n'avais pas compris. – Tu as des trucs de prévus ? – Non, non, rien du tout. Je n'ai rien d'autre à faire en ce moment qu'à gérer les conneries de mon fils. – Et aussi à t'occuper de la sortie de ton livre, mon chéri, ne sois pas seulement négatif. – Oui, c'est vrai D'ailleurs, je crois que c'est fini pour David.

J'avais pu obtenir une chambre, et en raccrochant j'avais essayé de me remémorer à quand remontait notre dernier séjour au Touquet. Ce n'était pas juste pour le plaisir de me tricoter un petit souvenir, comme ça, puisque je n'avais rien d'autre à faire, non, c'était pour savoir si déjà je tremblais et, en ce cas, comment je m'en étais sorti ? C'était au milieu de l'hiver, non pas le dernier mais le précédent, et comme d'habitude nous nous étions perdus en voulant prendre les départementales plutôt que l'autoroute. Nous avions dû nous arrêter dans un village plongé dans les ténèbres glacées et demander notre chemin à la seule personne encore dehors, un monsieur âgé avec un long pardessus, un chapeau et une canne. Hélène, qui est toujours saisie d'émotion lorsqu'elle voit une vieille personne, lui avait demandé si on pouvait le déposer chez lui, mais non pensez-vous, avait-il rétorqué en soulevant sa canne pour nous indiquer une direction, j'habite la maison juste là, je fais mon petit tour avant d'aller au lit, et tout cela (notre errance sur les routes du Pas-de-Calais, puis ce monsieur) nous avait mis de bonne humeur et rapprochés, si bien qu'en arrivant à l'hôtel je n'avais éprouvé aucune difficulté à enlacer Hélène. Mais je tremblais déjà, oui, oh oui, cette émotion m'empoisonnait la vie depuis bien plus longtemps que ça. Puisque j'étais assis à mon bureau, venant de consulter les Pages jaunes sur mon ordinateur, j'en avais profité pour décrocher du mur ma photo préférée d'Hélène, celle tirée de ce vieux photomaton où elle n'a que vingt-cinq ans, et la scruter encore une fois avec l'une de mes loupes. *Tu me fétichises, mon chéri.* En vérité, je fais l'idiot. Je comprends ce qu'elle veut dire, rares sont peut-être les hommes qui scrutent à la loupe les photos de la femme dont ils partagent la vie depuis vingt ans. Je comprends ce qu'elle veut dire, mais ce n'est qu'un constat que j'aurais pu formuler sans elle s'il n'avait pas accru mon désarroi, je te fétichise Hélène, avais-je d'ailleurs dit tout haut, pour voir, pour juger de l'effet d'une telle phrase, penché sur son visage, et cela avait en effet aussitôt accru mon désarroi sans m'aider en quoi que ce soit à saisir l'origine de mon tremblement. Ce que je cherche à travers toutes ces photos, m'étais-je dit, c'est à découvrir un secret qui s'est instillé entre nous au fil du temps et qui, petit à petit, mais irrémédiablement, me fait chanceler. Était-il déjà contenu dans le visage d'Hélène à vingt-cinq ans et se pouvait-il que je ne l'ai pas vu ? J'en étais parfaitement capable, si préoccupé par mon propre chagrin et celui de mes enfants quand j'avais rencontré Hélène, si égoïstement préoccupé, que je n'avais rien cherché à savoir d'elle, ou si peu. Mais alors je l'aimais sans jamais trembler, n'est-ce pas, sûr de moi, ou peut-être simplement inconscient, comme la plupart des hommes le sont quand ils aiment une femme, je crois, et comme j'aimerais tellement le redevenir, touché par sa beauté ardente et triste et seulement soucieux de rapprocher nos âmes, de les fondre en une seule pour quelques minutes au moins – oh, m'étais-je dit, toujours penché sur son visage, comme ces deux mots lui vont bien, *ardente et triste*, ce n'est évidemment pas un hasard s'ils me viennent à l'esprit aussitôt que je la vois. Puis ç'avait été le jeudi matin et nous étions partis.

Marchant sous la pluie de printemps à travers Paris, au prétexte d'aller m'acheter des livres dans la seule librairie où personne ne vient jamais vous demander s'il peut vous aider, la maison Gibert, six bons gros étages de livres à l'angle du boulevard Saint-Michel et de la rue de l'École-de-Médecine, la seule librairie où je me sente bien, finalement, j'essaie de reconstituer cette nuit où je me suis vu tomber, au Touquet, avant de faire comme s'il ne m'était rien arrivé. Et donc, le jeudi, nous avions roulé dans notre vieille Peugeot, Hélène me décrivant déjà l'endroit où nous allions déjeuner, sur la plage, vers trois heures de l'après-midi. Et tu imagines, cette nuit, comme on va bien dormir avec le bruit de la mer ? – Oui, Hélène, j'imagine. – Ça fait longtemps que je rêve d'aller dans cet hôtel… Mais j'essayais de ne rien imaginer, en vérité, conscient que nous allions nous retrouver pour la première fois depuis longtemps enfermés dans la même chambre et que je n'aurais ni notre grande pièce ni le boulevard de Belleville pour m'enfuir. Cependant, Hélène était heureuse et légère. Nous avions déjeuné, comme prévu, dans le restaurant qu'elle avait choisi, sur la plage, puis nous avions marché le long de la mer en direction du couchant, très longtemps, très loin, tenant nos chaussures à la main, jusqu'à ne plus rien distinguer du Touquet. Au retour vers l'hôtel, nous avions joué à imaginer quelle aurait été notre vie si au lieu d'avoir acheté une maison en Provence, un peu par hasard, nous en avions acheté une ici, ou peut-être à Luc-sur-Mer, comme j'en avais évoqué l'idée au début de notre vie. Et elle, me prenant furtivement la main, tu regrettes Marc ? – On pourrait venir toutes les semaines. – Oui, mais on ne le ferait pas. – Pourquoi ? Ce n'est rien du tout, juste deux heures de route. – Ce n'est rien du tout quand on en a très envie, mais ensuite ça devient une corvée. – Ah oui, tu as raison, avais-je dit, avec ce soulagement que j'éprouve toujours à penser qu'Hélène sait constamment ce que nous devons faire. D'ailleurs, c'est elle qui avait dit un peu plus tard je boirais bien un verre de vin sur la plage, pas toi ? et aussitôt j'avais acquiescé oui, on va commander du vin et l'emporter au bord de l'eau. Nous avions dîné dehors tandis que l'horizon qui avait été si lumineux semblait maintenant s'enfoncer dans une brume crépusculaire qui petit à petit éteignait tout autour de nous, et brusquement elle avait dit je tombe de sommeil mon chéri, tu veux bien qu'on aille se coucher ? J'avais dû frissonner, mais je suis sûr qu'elle ne l'avait pas vu, saisissant la main que je lui tendais et disant tout bas quelque chose de doux, de reconnaissant, merci de m'aimer comme tu m'aimes, Marc, ou peut-être simplement merci de m'aimer et d'être là.

Elle s'était couchée et tout de suite endormie,

par bonheur, si bien que pour une fois elle n'avait rien perçu de l'énorme frayeur qui m'avait gagné, m'étreignant le cœur, l'enserrant, comme si elle était une sombre bête que je portais en moi, là, sous ma peau, et qui ne s'animait que la nuit venue au moment où, me couchant auprès d'Hélène, j'aurais eu tant besoin de sérénité, au contraire, pour lui donner du plaisir et en recevoir en retour, avant de me laisser glisser dans le sommeil. J'avais eu l'espoir, écoutant la respiration régulière d'Hélène, que cette chose noire que j'imagine mortelle à la longue, comme je l'ai expliqué un jour à Curtis, je crois qu'elle finira par me tuer, Curtis, lui avais-je dit, car me tenant le cœur si fortement entre ses pinces, voyez-vous, elle le contraint à se débattre, à s'épuiser pour ne pas étouffer, de sorte qu'à mon avis je vieillis chaque fois de plusieurs mois durant ces quelques heures épouvantables et qu'au moment où je vous parle, Curtis, j'ai peut-être dix ou quinze ans de plus que mon âge réel, j'avais eu l'espoir, donc, écoutant la respiration régulière d'Hélène, que cette chose noire et si cruelle allait s'assoupir à son tour, m'abandonnant à moi-même, me foutant la paix, puisqu'il était maintenant évident que nous ne ferions pas l'amour avec Hélène et qu'en somme l'énorme frayeur qui m'avait étreint devenait sans objet. Mais mon cœur avait continué de se débattre, à tel point que tout mon corps en avait été secoué, et brusquement je m'étais vu bondissant du lit comme si on m'en avait chassé par une décharge électrique, pour me retrouver debout et grelottant au milieu de cette chambre dans laquelle nous avions laissé à dessein le vent frais de la nuit s'engouffrer. J'avais cherché quelque chose à enfiler et découvert le peignoir qu'avait abandonné Hélène un peu plus tôt. Puis serré dans ce peignoir j'avais choisi le canapé, plutôt que le fauteuil, pour ramasser mon corps qui continuait de grelotter. De là, je pouvais apercevoir la masse sombre des cheveux d'Hélène endormie et un peu de son front. Mais soudain je m'étais vu, moi, tapi dans un coin de ce canapé, épiant ma femme, haletant et tremblant comme une bête aux abois, n'est-ce pas, et la gravité de ma situation m'était apparue. Je suis malade, m'étais-je dit, n'importe quel esprit sain témoin de cette scène en conclurait que je suis bon à enfermer. Il me semble que durant quelques secondes j'avais envisagé avec une forme de résignation, presque de soulagement, d'être enfin pris en charge par des médecins, de ne plus m'appartenir, pour pouvoir dormir et me reposer, mais très vite la perspective d'être hospitalisé parmi les fous avait considérablement accru mon effroi au point que submergé par l'angoisse, et ne tenant plus en place, je m'étais précipité dehors sur le balcon. Dans le fracas des vagues qui s'abattaient maintenant au pied de l'hôtel et dont je devinais l'écume mousseuse, le souvenir de ma mère m'avait soudain saisi, non pas tant le souvenir de ses crises de nerfs qui m'avaient terrifié, enfant (quoique si, tout de même, je l'avais furtivement revue se roulant par terre et battant des jambes), que celui de cette nuit où elle était venue se cacher silencieusement sous l'armoire dans l'espèce de débarras où je dormais pour faire croire à notre père qu'elle s'était enfuie, ou suicidée, devais-je me dire plus tard, et où je l'avais épiée depuis mon lit, crucifié par la peur, mon cœur se débattant déjà follement comme s'il voulait s'échapper de ma poitrine. Oh mon Dieu, m'étais-je dit sur le balcon, mais je viens de m'arranger pour revivre exactement la même scène, faisant jouer à Hélène que j'aime tant le rôle de cette femme qui n'a jamais fait que me terroriser, l'épiant depuis le canapé tout tremblant de peur, comme j'avais épié notre mère l'année de mes dix ans. Alors la conscience d'être malade, décidément, m'avait arraché des sanglots et c'était à ce moment-là, dans le désarroi où je me trouvais, que m'était revenue l'expression de soulagement de notre mère le jour où Toto lui avait annoncé que ça y était, les religieuses avaient accepté de la prendre, elle allait pouvoir s'en aller, fuir notre malheur qui n'en finissait plus, pour se réfugier dans une chambre confortable d'un couvent du septième arrondissement où l'on serait aux petits soins pour elle, ces braves sœurs t'attendent, mon petit, avait dit Toto avec un pâle sourire et tout en se mordant nerveusement le gras du pouce, elles seront aux petits soins pour toi, tu vas enfin pouvoir te reposer. Tout cela m'était revenu, là, sur le balcon, dans le fracas des vagues, et pour la première fois, au lieu de haïr notre mère, de l'insulter copieusement, cette pauvre conne, disais-je habituellement, qui avait préféré se faire passer pour folle, courage fuyons, plutôt que de supporter un jour de plus l'effroyable merde dans laquelle nous avaient précipités ses goûts de luxe, pour la première fois, au lieu de l'insulter, je m'étais senti son fils, son digne fils, aurait-elle dit, venu d'elle, issu d'elle, et partageant donc avec elle son immense faiblesse, son impuissance à vivre, balançant entre le désir d'en finir, et qu'on m'enferme, qu'on me déclare fou, moi aussi, et la frayeur intense de quitter la vie, de n'être plus un homme dans le regard d'Hélène, ni un père dans le regard de mes enfants, comme elle avait cessé d'être une femme dans le regard de Toto, je l'avais bien vu, et cessé aussi d'être notre mère du jour où elle avait choisi de se réfugier dans la maladie mentale. Et puis c'était devenu trop douloureux, plus que je ne pouvais le supporter en tout cas, et j'avais regagné notre chambre en sanglotant, avalé une dose massive de somnifère, avant de m'allonger sur le canapé et de m'endormir.

Vers six heures du matin, et tandis qu'un jour cotonneux flottait dans la chambre, j'avais rejoint notre lit à pas de loup, étrangement apaisé, si bien qu'Hélène avait eu le plaisir de m'y réveiller un peu plus tard en me murmurant à l'oreille on avait dit qu'on irait se promener tôt sur la plage avant le petit déjeuner, tu veux bien te lever mon chéri ? Et ç'avait été la plus charmante des promenades, comme s'il ne s'était rien passé durant la nuit. Nous avions marché jusqu'à l'estuaire de la Canche sur la plage d'où la mer s'était retirée, échangeant des propos sur la lumière, les coquillages, ou encore des bribes de souvenirs à propos de l'une ou l'autre de nos filles, tu te souviens le jour où Coline... – Oh oui, c'était l'époque où Anna et Claire... Comme Hélène avait enfilé des baskets, au contraire de moi qui étais pieds nus, je l'avais portée sur mon dos à plusieurs reprises pour traverser des retenues d'eau de mer, trop heureux de la tenir contre moi, d'éprouver son poids, et à un moment elle avait failli nous faire tomber, prise d'un fou rire et m'étouffant sans le vouloir de ses bras.

Mais maintenant, marchant seul à travers Paris sous la pluie de printemps, je suis obsédé par le souvenir de cette nuit au Touquet, le souvenir de mes sanglots que couvrait par chance le fracas des vagues, de ma peur d'être malade surtout, d'être cinglé, comme le fut sans doute notre mère. Et comme chaque fois que je me sens perdu, à la fois terriblement en colère contre le destin et tout près de pleurer, je m'imagine que je vais découvrir chez Gibert, comme par miracle, le livre qui me parlera de ce qui m'arrive et me donnera l'envie de me remettre à écrire. Je songe à *Herzog*, que j'ai cherché en vain dans ma bibliothèque, pestant tout haut contre David qui a dû me le piquer, bien sûr, putain David tu fais chier à embarquer tous mes livres, s'il n'y avait pas cette connerie entre nous, me dis-je, je serais allé directement chez lui récupérer mon exemplaire d'*Herzog*, et aussitôt je vois la scène, David au saut du lit, hirsute, ben qu'est-ce que tu fous là à cette heure-ci ? – J'ai besoin de mes livres, David, je ne veux plus que tu me les prennes, ça fait trois heures que je cherche *Herzog*, je ne pourrai rien faire tant que je ne l'aurai pas retrouvé. – Mais t'es givré ! C'est quoi *Herzog*, je n'ai jamais lu ce bouquin… – C'est ce qu'on va voir. Je lui aurais pris un sac de voyage, d'autorité, que j'aurais bourré de tous mes livres, les sortant rageusement de ses étagères, et je serais reparti sans même lui dire au revoir. Merde, David, toute une matinée de foutue à cause de toi ! Je ne sais pas ce qui me fait croire qu'*Herzog* est le livre qu'il me faut, il y a si longtemps que je ne l'ai pas lu, mais c'est une intuition qui m'est venue en ouvrant les yeux et qui n'a fait que se renforcer au fil des heures. Oh non, oh non, m'étais-je dit en constatant que tous les livres de Saul Bellow étaient bien présents sur mes étagères, sauf celui-ci naturellement, le seul à m'être devenu indispensable. Et comme il pleuvait, je n'avais pas pris mon vélo, préférant marcher jusque chez Gibert.

Mais je n'en crois pas mes yeux, pas d'*Herzog* non plus chez Gibert.

— Excusez-moi, dis-je au vendeur (moi qui fuis habituellement les vendeurs), j'ai vu que vous aviez pratiquement tous les livres de Bellow, et pourtant je n'ai pas trouvé *Herzog*.

— C'est bien possible.

Et il me fait signe de le suivre jusqu'à l'ordinateur.

— Oui, dit-il, je vois qu'il est épuisé. La réimpression est annoncée, mais aucune date ne nous est communiquée.

— Je ne peux pas le croire !

— C'est malheureusement la réalité.

Et alors, au lieu de jurer et de me mettre en colère, voilà que je m'entends dire très tranquillement :

— Et Rilke ? Qu'avez-vous de Rilke ?

Il saute de son tabouret, c'est un petit homme agile en blouse bleue, me fait de nouveau signe de le suivre, et tandis que nous slalomons entre les tables de livres, moi dans son sillage, je sens que quelque chose d'intense et de chaud est en train de m'irradier le cœur. Je me fiche d'*Herzog*, brusquement, car il m'est soudain revenu à l'esprit que l'année où je lisais Bellow et Hamsun, je découvrais également Rilke, or une petite voix très lointaine mais bien perceptible me murmure à l'oreille que j'aurais attribué à Herzog, à ce fêlé d'Herzog, des phrases trouvées dans Rilke. Mais oui, maintenant je me rappelle ce livre de Rilke qu'aurait pu écrire Hamsun, m'étais-je dit sur le moment, tant il était introspectif, douloureux et tremblant comme s'il avait été l'expression même d'une âme cheminant sans cesse au bord de la folie. Où étaient passés mes livres de Rilke ? Je croisais souvent sur mes étagères les *Élégies de Duino* et les *Lettres à un jeune poète*, mais tous les autres avaient disparu. Et comment s'appelait donc celui-ci, mon préféré, que j'avais gardé dans ma poche et annoté pendant plusieurs semaines, en lisant même de longs passages à Agnès que je venais de rencontrer ?

Oui, comment s'appelait-il donc ? Et brusquement il est là, d'occasion, écorné comme l'était le mien, je le reconnais dans la seconde : *Les Cahiers de Malte Laurids Brigge.*

— C'est lui, dis-je en m'en emparant, c'est lui ! Pardonnez-moi, je le confondais avec *Herzog*.

Le petit vendeur ne sourit pas, mais il fléchit légèrement le torse, l'air de dire alors en ce cas tout s'arrange, et tandis qu'il s'en va je relis les premières phrases des *Cahiers de Malte :* « 11 septembre, rue Toullier. C'est donc ici que les gens viennent pour vivre ? Je serais plutôt tenté de croire que l'on meurt ici. » Rilke, ou plutôt Malte, son personnage, vient de s'installer rue Toullier, à Paris, dans le cinquième arrondissement, et immédiatement cette ville lui fait horreur. Quel réconfort j'avais éprouvé, à vingt ans, me souviens-je, en découvrant chez Rilke des évocations de ma propre frayeur lorsque je marchais dans Paris. Quel réconfort ! Je croyais être le seul à trembler, mais non, lui aussi était parfois pris d'une telle peur qu'il pressait le pas pour rejoindre sa chambre et s'y enfermer. Tu vois, disais-je à Agnès, nous sommes au moins deux à détester cette ville, quand nous aurons gagné suffisamment d'argent nous irons vivre en Amérique. Rilke était obsédé par les fantômes de son enfance, comme je l'étais par les miens, les hurlements de notre mère continuant à hanter certains quartiers de Paris que je ne pouvais pas traverser sans longer les murs. « J'ai prié pour retrouver mon enfance, écrit-il, et elle est revenue, et je sens qu'elle est toujours dure comme autrefois et qu'il ne m'a servi à rien de vieillir. »

Je n'ai plus vingt ans, me dis-je, je croyais avoir réglé son compte à notre mère depuis longtemps, or voilà qu'elle revient hanter mes nuits. À moi non plus, il ne m'a servi à rien de vieillir. Et c'est cette frayeur intense qui m'a ramené à Rilke, tant d'années après, presque à tâtons, n'est-ce pas, comme si je n'avais pas encore tout épuisé des *Cahiers de Malte*. Alors je me mets à le relire, là, debout parmi les gens qui flânent, et je tombe bientôt sur cette phrase : « J'ai peur. Il faut faire quelque chose contre la peur, quand elle vous tient. Ce serait trop pénible de tomber malade ici, et si quelqu'un s'avisait de me faire porter à l'Hôtel-Dieu, j'y mourrais certainement. » J'aurais pu écrire une telle phrase au Touquet, me dis-je, au lieu de pleurer sur le balcon dans le fracas des vagues. Le cœur enflammé, je continue de lire. Et huit pages plus loin, Rilke a déjà trouvé la solution à l'effroi qui ne le lâche plus : « J'ai fait quelque chose contre la peur. Je suis resté assis toute la nuit et j'ai écrit. » Ah, me dis-je, voilà donc bien le livre qu'il me fallait ! Et moi qui me sentais si malheureux et démuni en venant, je suis plein de confiance au retour, mon Rilke dans la poche, passant justement devant l'Hôtel-Dieu pour regagner Belleville, et sachant que je n'y mourrai pas, pas aujourd'hui en tout cas.

Maintenant, dans le train qui m'emmène à Saint-Étienne pour y présenter mon autobiographie, j'essaie de me remémorer chaque instant de cette nuit où Hélène s'est soudain mise à me parler, après des mois, des années de silence, sachant qu'un jour je devrai m'asseoir et écrire si je ne veux pas que ses mots continuent de me creuser le cœur, de me creuser le cœur jusqu'à m'anéantir.

Nous étions sur le point de nous endormir ensemble, ce qui était devenu exceptionnel, lorsque sa voix s'était élevée dans les ténèbres silencieuses de notre chambre. Sa voix légèrement étouffée par la proximité de l'oreiller, puisqu'elle se tenait en chien de fusil, me tournant le dos. Je ne te désire plus, Marc. Ça fait longtemps que j'aurais dû te le dire, mais je n'ai pas osé. De peur de te perdre, je crois. Je sais combien c'est important pour toi de faire l'amour, mais c'est devenu trop lourd, trop compliqué. Je n'ai plus envie. Je me souviens du temps où c'était si joyeux, si léger… qu'est-ce que nous avons bien pu faire pour perdre cela ? Ces derniers mois, on dirait que tout s'est détraqué. Je ressens ton appréhension quand la nuit approche, j'ai essayé d'aller vers toi, au début, de faire comme si je ne m'apercevais de rien, mais maintenant je ne peux plus, je n'y arrive plus. D'ailleurs, j'entends cogner ton cœur, et je vois comme tu es bouleversé. Comment est-ce possible, Marc, comment peux-tu être encore aussi ému alors qu'on se connaît depuis vingt ans ? Mais en disant cela, j'ai l'air de te faire porter tout le poids de ce qui nous arrive, alors qu'au fond je pense que nous en sommes également responsables. Je ne t'aime sans doute pas comme tu le voudrais, ou comme je t'aimais les premières années, et au fil du temps ma façon d'être a dû induire cette appréhension qui ne te quitte plus à présent. Parfois, j'ai le sentiment que je te déçois, que tu espères une autre femme que celle que je suis vraiment. Je te vois assis à ton bureau, entouré de toutes mes photos comme dans un mausolée, et je sais que tu ne te lasses pas de les regarder, que tu dois même les observer à la loupe certains jours, parce que je remarque que tu les changes souvent de place et même, un soir, tu en as oublié une posée sous ta grosse loupe. La ronde, celle que je t'ai offerte. Je ne sais pas ce que tu cherches, mon chéri, mais j'ai peur qu'à force de te focaliser sur moi, d'écrire encore sur moi, peut-être, je ne sais pas, tu aies fini par inventer une Hélène très différente de celle que je suis. Tu m'idéalises, tu me places si haut dans ton ciel que tu ne peux même plus me toucher sans trembler… L'autre jour, j'ai bien vu que je t'ai vexé quand je t'ai dit que tu me fétichisais, et ensuite je m'en suis voulu, parce que ta façon de m'aimer me touche en même temps, bien sûr. Je me fais l'effet d'être comme ces enfants trop gâtés qui ne voient pas la chance qu'ils ont d'être si complètement aimés, si constamment aimés. Je suis sûre que beaucoup de femmes rêveraient d'avoir un mari tel que toi. Mais la vérité, c'est que je ne suis ni aussi belle ni aussi intéressante que tu le crois. Tu sais, souvent, je me dis : si Marc pouvait entrer dans ma tête et voir comme je suis simple, il ne m'aimerait plus. J'ai honte, parfois, quand je t'entends parler de moi, je suis bien plus banale et commune que tu ne l'imagines. Et pleine de défauts que tu ne veux pas relever, que tu t'appliques à gommer, ou à transformer en qualités. Tu m'écoutes toujours, Marc, ou tu t'es déjà endormi ? – Non, je t'écoute. – Et qu'est-ce que tu penses ? – Merci de me parler, Hélène, merci de m'expliquer. – Tu veux bien qu'on dorme, maintenant ? Je me sens tellement fatiguée. – Oui, endors-toi ma chérie.

Mais moi je ne m'étais pas endormi. Je m'étais répété cette phrase d'Hélène je ne sais pas ce que tu cherches, mon chéri, mais j'ai peur qu'à force de te focaliser sur moi, d'écrire encore sur moi, peut-être, je ne sais pas, tu aies fini par inventer une Hélène très différente de celle que je suis. D'écrire encore sur moi, avait-elle dit, et soudain m'était revenu le souvenir du livre que je lui avais consacré. Ça n'était pas que je l'aie oublié, non, mais il n'était pas entré dans mes réflexions tous ces derniers mois. Aussitôt publié, il avait cessé de m'intéresser, mais comme tous mes autres livres, avais-je songé, si excitants durant les mois où je les écris, et toujours si décevants une fois finis. Cependant, Hélène, par son allusion, avait ramené ce vieux bouquin sur le devant de la scène. Quel âge pouvait-il avoir ? Six ans ? Sept ans ? J'avais été tenté de me relever pour l'attraper sur l'étagère, l'ouvrir, et en avoir le cœur net, avant que la stupéfaction me cloue au lit : mais bien sûr, m'étais-je dit, c'est durant l'écriture de ce livre qu'étaient apparus mes premiers tremblements ! Mais bien sûr ! Et non pas, comme je m'en étais convaincu, un certain soir d'été dans notre maison de Provence. Alors, petit à petit, je m'étais remémoré l'état d'exaltation dans lequel m'avait plongé l'écriture de ce livre. D'exaltation amoureuse, puisqu'il m'était arrivé à plusieurs reprises de quitter précipitamment mon bureau pour aller respirer les vêtements d'Hélène, ou aussi de m'arrêter en plein milieu d'une scène pour lui téléphoner à son bureau et lui dire combien je l'aimais, combien elle me bouleversait, si tu rentrais tout de suite, Hélène, on ferait l'amour, j'en ai très envie. – J'aimerais bien, mon chéri, mais là je ne peux vraiment pas. – Tu sais, je me suis rappelé l'hôtel où on était descendus à Turin. – Ah oui… – J'entends à ta voix que je te dérange. – Un peu, oui. Si tu veux, on en reparlera tranquillement ce soir. Mais on ne reparlait jamais de ces conversations surgies comme des accidents de la circulation au milieu de ses journées et dont j'avais confusément honte, le soir, sorti du climat de mon manuscrit. En revanche, j'étais anormalement ému en retrouvant Hélène, encore touché par toutes les émotions qui m'avaient traversé et comme si elle s'était soudain échappée de mon texte pour s'incarner. Certains jours, je n'en revenais pas de la voir aller et venir dans notre grande pièce, en chair et en os, n'est-ce pas, écoutant Anna lui raconter sa journée tout en arrangeant son chignon de Gitane, faisant réciter une leçon à Coline ou encore bavardant au téléphone avec une de ses amies, et riant à sa façon, alors qu'un moment plus tôt nous étions attablés dans ce petit café qu'elle aimait de la place Vittorio Veneto, à Turin, sortant tout juste de notre hôtel, un matin d'août, et que je la regardais lire le journal.

C'était à partir de l'écriture de ce livre, je l'avais compris cette nuit-là après « le discours » d'Hélène, et *grâce* à son « discours », que je n'avais plus pu l'aimer avec cette légèreté joyeuse qu'elle avait évoquée. À partir de ce livre que tout était devenu, en effet, plus lourd, plus compliqué. Comme s'il était dangereux, m'étais-je dit, réfléchissant intensément dans les ténèbres de notre chambre, d'essayer d'expliquer les ressorts secrets de l'amour. Écrivant sur Hélène, j'avais dû faire d'elle sans le vouloir « une œuvre » (oh oui, sans le vouloir, moi qui ai si peu de considération pour mes livres, me dis-je, cherchant mon billet de train car je viens d'apercevoir le contrôleur) et cette œuvre, comme toutes les œuvres sans doute, s'était mise à m'impressionner par la profondeur de son mystère, se nourrissant de ce qu'elle recelait d'inexplicable, de sorte qu'elle m'était bientôt apparue inaccessible, impénétrable. Comment ne pas trembler, m'étais-je dit, à l'instant de prendre dans ses bras la belle héroïne d'un livre dont voulant prétendument éclairer le destin nous n'avons fait qu'accroître le mystère ? J'ai peur que tu aies fini par inventer une Hélène très différente de celle que je suis, venait-elle de m'expliquer. Eh bien oui, peut-être, mais maintenant le mal était fait, je n'avais aucun moyen de détruire mon « œuvre », de revenir au temps béni où Hélène et moi faisions l'amour comme tout le monde (enfin j'imagine), avec une grande part d'inconscience, guidés par le seul souci d'assouvir nos désirs partagés le plus ingénieusement possible. À moins d'appeler Curtis, avais-je songé, pris d'un soudain espoir. Que diriez-vous, Curtis, si je vous demandais de détruire définitivement l'un de mes livres ? – J'essaierais de vous suggérer de ne pas formuler une ânerie. Je l'avais entendu comme si j'y étais, très calme, s'en foutant complètement, mais je ne m'étais pas démonté pour autant. Ce livre que j'ai écrit sur Hélène, Curtis, avais-je repris, vous vous en souvenez n'est-ce pas ? Eh bien il m'empoisonne la vie, je voudrais qu'il n'ait jamais existé. – C'est un peu tard pour vous en apercevoir. – Et si on pilonnait le stock, si on le retirait du catalogue, si on interdisait à quiconque de le citer sous peine de poursuites… – À votre place, Marc, j'irais plutôt faire un tour de vélo. Je vois par la fenêtre de mon bureau qu'il fait un temps radieux, vous devriez en profiter.

J'avais dû m'endormir en souriant, mais le lendemain j'avais moins ri. Je ne te désire plus, Marc. La première phrase d'Hélène, qui avait été emportée par la suite de son « discours », m'était revenue intacte, fichée dans mon cœur comme un caillou tranchant. Je ne te désire plus – comment avait-elle pu me dire une chose pareille ? Je sentais que tout était froid dans mon ventre, que je grelottais dans le lit, que j'allais être malade, les jambes parcourues de soubresauts, et j'avais dû faire un effort pour me retourner, prévoyant de caresser l'épaule d'Hélène pour la réveiller tout doucement et entendre de sa bouche que je n'avais pas bien compris, oh mon chéri, mais comment as-tu pu croire… bien sûr que non… prends-moi dans tes bras, je suis tellement désolée… évidemment que j'ai du désir pour toi… tu es l'homme de ma vie… sans toi, il y a longtemps que je me serais noyée… oui, serre-moi fort, je t'aime tant, je t'aime tant… mais quand j'y étais parvenu, elle n'était plus là, son oreiller portant simplement l'empreinte de sa tête. Je m'étais arrêté de respirer pour écouter si je ne l'entendais pas aller et venir dans notre grande pièce, au-dessus, dont le parquet craque, ou prendre sa douche, mais non, la maison était absolument silencieuse et j'en avais conclu qu'elle était déjà partie. Alors, comme me l'avait conseillé Curtis la veille au soir, quelques secondes avant que je sombre dans le sommeil, j'avais enfilé sans discuter mes habits de vélo et j'étais aussitôt parti pour le bois de Vincennes sur mon *Follis*. Je savais bien que me voyant tourner sur cette somptueuse bicyclette noire à lisérés dorés qui avait disputé le Tour de France au début des années 1970, les autres cyclistes s'extasieraient, pédalant parfois à ma hauteur pour me complimenter. Sans doute avais-je espéré ce réconfort en décrochant mon *Follis*, plutôt que mon *Dangre* ou mon *Vitus*, l'un et l'autre bien plus confortables mais moins remarquables.

Cependant, parvenu au bois de Vincennes, je n'avais prêté aucune attention à mes collègues, complètement absorbé par le chagrin qu'avait éveillé en moi la petite phrase d'Hélène. Elle ne me désire plus, à supposer que ça soit vrai, que j'aie bien entendu, c'est une chose qui arrive, ce n'est pas pour autant la fin du monde, avais-je essayé de me raisonner. Mais si, ça semblait bien l'être, pour moi en tout cas, puisque j'étais si désespéré, si abattu, que je ne parvenais presque plus à pédaler, me traînant lamentablement le long du trottoir des joggeurs comme un homme qui allait bientôt s'effondrer d'un arrêt du cœur. Et c'est à ce moment-là que m'était revenue ma propre image, enfant, quittant le salon flamboyant de notre appartement de Neuilly pour rejoindre la chambre que je partageais avec mes deux frères aînés, mais si dépité que tout au long du corridor décoré de scènes de chasse à courre je m'étais traîné contre le mur comme si je craignais de tomber. Mais non, voyons, je ne craignais pas de tomber à huit ans ! Si je m'étais traîné contre le mur, c'était par colère contre notre mère, sachant que nous avions l'interdiction absolue de toucher le papier peint blanc lumineux mais très salissant (et probablement hors de prix) dont elle avait fait tapisser le corridor. Je voulais me venger parce qu'une fois de plus, entrant dix minutes plus tôt dans le grand salon pour y être présenté à ses invités, notre mère avait paru extrêmement déçue en m'apercevant, forcée d'expliquer tout en riant jaune que j'étais le portrait de Toto avec mon léger embonpoint et mes bonnes joues, tandis que mes frères, qui m'avaient précédé, étaient les copies crachées de son propre père, élancés, beaux comme des dieux, disait-elle. Les *copies crachées*, c'était son expression. Je voulais me venger de la déception entêtée que je lisais dans ses yeux aussitôt que j'apparaissais, en dépit de tous les efforts que je déployais pour porter avec élégance mon costume marin (mes frères et moi étions tous les trois habillés de costumes marins coupés sur mesure) et me coiffer d'une raie sur le côté, comme elle le voulait, en mouillant généreusement mes cheveux. Soudain, continuant de pédaler comme si j'allais tomber d'un instant à l'autre, la petite phrase d'Hélène, je ne te désire plus, Marc, était entrée en collision avec le souvenir de la déception de notre mère aussitôt qu'elle m'apercevait. Elle non plus ne me désirait plus, si elle m'avait jamais désiré.

Sous le choc, j'avais dû m'arrêter, appuyer mon *Follis* contre un arbre et m'asseoir dans l'herbe (mon *Follis* que j'avais enfourché pour qu'on me remarque, qu'on me trouve beau, exactement comme j'enfilais mon costume marin, plein du secret espoir qu'on me trouverait aussi beau que mes frères). Au milieu de cette collision avait inévitablement jailli de mon cerveau malade l'explication que m'avait donnée notre mère le jour où, devenu un homme, et bien après notre expulsion de Neuilly et notre effondrement, je lui avais demandé pourquoi ils avaient mis au monde onze enfants quand ils auraient eu tout juste les moyens d'en élever décemment deux ou trois : Et qu'est-ce que tu voulais qu'on fasse, m'avait-elle rétorqué avec cette vulgarité acariâtre qui lui était venue au fil des années, on n'allait pas vous mettre à la poubelle quand même ! Inévitablement, puisqu'il ne se passe pratiquement pas un jour sans que je me répète cette phrase impossible, toutes mes entreprises, mes enfants, ma relation amoureuse avec Hélène, mes livres, mes multiples vélos, étant évidemment destinées à me prouver que ç'aurait été tout de même dommage de me mettre à la poubelle. Et voilà qu'Hélène m'y envoyait en ne me désirant plus.

Mais non, il ne fallait pas se laisser emporter par ces amalgames. Mais non, mais non, m'étais-je dit, toujours assis dans l'herbe et m'efforçant de lutter contre ma propre délitescence tout en me massant les genoux. D'autant plus que j'aurais eu honte, parlant avec Hélène, de lui avouer que si sa petite phrase avait pris de telles proportions dans mon esprit, c'était qu'elle faisait écho à l'amertume de notre mère. Je trouve qu'il n'y a rien de plus ridicule, m'étais-je encore dit, que ces hommes qui jugent leur femme à l'aune de ce que fut leur mère. Ces hommes qui ne se remettent pas d'avoir perdu leur *maman*, n'est-ce pas, et qui faute d'avoir pu l'épouser ont choisi celle qui lui ressemblait le plus. J'avais fait le contraire, choisissant Agnès, puis Hélène, pour tout ce qui faisait cruellement défaut à notre mère, l'intelligence, la douceur, la sensibilité, mais ça ne changeait rien au problème, même dans ce sens il aurait été absolument ridicule d'évoquer notre mère, et notamment son allusion à la poubelle comme terminus, pour expliquer à Hélène combien ses mots m'avaient atteint.

J'en étais à ce point de mes réflexions quand mon téléphone, que je glisse habituellement dans ma chaussette droite quand je suis à vélo (à côté de mon enregistreur), s'était mis à sonner. C'était Hélène justement. J'étais inquiète, je me demandais comment tu allais… – Ça va, je suis à Vincennes. – Ah, c'est bien. Ce matin, je n'ai pas osé te réveiller, c'est si rare que tu dormes. – Oui, je t'ai cherchée. – À cause de ce que je t'ai dit hier soir ? – Oui. – J'ai pensé qu'on aurait peut-être pu déjeuner ensemble, mais si tu préfères faire du vélo… – Non, non, j'allais rentrer. Je prends une douche et je te rejoins.

À peine assise, Hélène m'avait confirmé, en réponse à ma question, qu'elle ne me désirait plus en effet. Il m'avait semblé qu'après l'avoir si longtemps retenu elle était heureuse de pouvoir le redire, et même peut-être le répéter tout haut jusqu'à satiété. Oui, c'est bien ça que je t'ai expliqué hier soir, Marc. Il y avait eu un silence, et puis soudain j'étais parvenu à formuler ce qui me préoccupait : Qu'est-ce que je vais faire de tout mon désir pour toi si je ne peux plus te toucher ? – Mais tu peux continuer à me toucher, bien sûr. – Comment ça, je ne comprends pas... Comment est-ce que je pourrais te prendre dans mes bras si tu n'en as plus envie ? – Je ne sais pas, on verra. Là, tout de suite, je vois qu'on ne peut plus continuer comme ça. Tu es trop bouleversé, j'entends battre ton cœur. (Et après un nouveau silence) : J'ai pensé que j'allais finir par te tuer, Marc. – Oui, c'est vrai, je crois que je pourrais finir par en mourir. D'ailleurs, c'est moi qui te fuis depuis des mois pour me protéger, alors que je t'aime tant. – Mais qu'est-ce qui s'est passé, tu le sais ? – Je t'ai aimée de plus en plus au fil des années, Hélène, tandis que tu as fait le voyage dans l'autre sens, enfin, c'est l'impression que j'ai eue, te retirant petit à petit, ou plutôt *me* retirant l'accès à telle ou telle petite parcelle de ton corps que j'aimais embrasser. Je crois que c'est ce sentiment que tu t'éloignais, que tu te fermais, sans jamais me donner d'explications, qui m'a précipité dans cette espèce de maladie, de tremblement. Je sentais que tu reprenais silencieusement ce qui t'appartenait, après me l'avoir offert, mais rien n'était jamais dit. Au contraire, tu as toujours continué à m'ouvrir tes bras, à me dire des mots très tendres. – Mais je t'aime, Marc. Tu te trompes complètement. Je t'aime même beaucoup plus qu'avant. – Comment peux-tu dire que tu m'aimes tout en m'expliquant que tu n'as plus de plaisir à être dans mes bras ? – Notre lit, nos corps, tout ça est devenu bien trop lourd, mon chéri. Comment avoir envie de faire l'amour quand je te vois au bord de l'évanouissement ? Comme si chaque fois c'était ta vie qui était en jeu. (À ce moment-là, nous nous étions tus, sans doute abasourdis par l'évidence de cette dernière phrase, avant d'engager une de ces conversations secondaires généralement destinées à réconforter les débatteurs. Mange un peu, s'il te plaît. – J'ai peur de ne pas pouvoir. – Tu ne peux pas faire du vélo toute la journée et ne jamais rien manger. – Arrête, Hélène, on s'en fout. – Non, s'il te plaît ! Je n'aime pas quand tu es trop maigre etc.) Puis elle avait repris le fil. Toi, tu penses que tu es devenu comme ça par ma faute ? – C'est ce que je me répète, pour éviter d'avoir à me convaincre que je suis complètement fou. Je ne sais pas, Hélène. S'il faut parler de faute, je me sens bien plus fautif que toi avec cette émotion que je n'ai pas su maîtriser au point qu'aujourd'hui je vais te perdre. – Tu ne vas pas me perdre. Pourquoi dramatises-tu toujours ? – Comment continuer à s'aimer si nous ne faisons plus l'amour ? –

C'est drôle comme nous sommes différents. Ce n'est pas une question que je me pose. Moi, je peux continuer à t'aimer sans faire l'amour avec toi.

Je relis la retranscription du « discours » d'Hélène, la nuit où elle m'a parlé, puis celle de notre conversation au restaurant, le lendemain, l'une et l'autre établies au crayon noir, d'une écriture minuscule, sur les dernières pages vierges du livre de Rainer Maria Rilke, dans le train qui me conduit à Saint-Étienne (comment ai-je pu oublier mon cahier et mon stylo alors que j'allais avoir trois heures pour réfléchir ?). Ce n'est qu'un brouillon, me dis-je, mais il me semble que l'essentiel est exprimé, et d'ailleurs nous arrivons, je n'ai plus le temps d'ajouter quoi que ce soit.

Je donne au taxi l'adresse du café où l'on m'attend, dans la banlieue de Saint-Étienne (un club de lecteurs, ou plutôt de lectrices) et tandis qu'il s'engage sur l'avenue je me fais la réflexion que j'aurais dû prendre un exemplaire de mon autobiographie pour pouvoir me remettre dans le bain avant le débat qui m'attend. Puis je souris de ma bêtise : quel con, me dis-je, comme si j'avais besoin de réviser ma propre vie avant d'en parler ! Je la connais par cœur, je ne la connais que trop. C'est seulement que sortant du désarroi où me plonge le souvenir des mots d'Hélène, j'ai eu furtivement le sentiment d'avoir tout oublié de ce que j'ai vécu avant.

— Vous êtes représentant en spiritueux, ou

quelque chose comme ça ? s'enquiert aimablement le chauffeur.

— Ah non, pas du tout. Qu'est-ce qui vous fait penser que je pourrais vendre des alcools ?

— Vous avez bien rendez-vous dans un café, non ?

— Ah oui, pardon... Mais non, c'est pour vendre autre chose.

C'était la chose à ne pas dire, car maintenant je vois qu'il me regarde dans son rétroviseur en essayant de deviner ce qu'on peut bien fourguer à un bistrot qui ne soit pas à boire.

— Alors c'est quoi votre métier, sans indiscrétion ?

— Écrivain.

— Pfffut ! Ben ça, si j'avais pensé un jour tomber sur un écrivain... Et vous écrivez quel genre de bouquins ?

— Je ne sais pas trop... des romans d'aventures plutôt.

— Ah ben ça c'est bien, parce que l'autre jour j'entendais à la radio un type qui avait écrit son autobiographie ! Vous imaginez un peu ? Bon, que des gus comme de Gaulle ou Churchill nous racontent leur vie, ça je peux le comprendre, mais qu'un gars absolument inconnu au bataillon vienne nous relater ses petites misères... Je ne vois vraiment pas qui ça peut intéresser. Vous n'êtes pas de mon avis ?

— Non, j'ai toujours bien aimé que les gens me racontent leur vie.

— Non mais attendez, le gars il est d'une famille nombreuse, il a eu des ennuis comme tout le monde, chez nous aussi on était huit et je peux vous dire que c'était pas la fête tous les jours, qu'est-ce qu'on en a à faire que sa mère elle soit devenue folle dingue ? Des dingues, y'en a plein les rues, s'ils se mettaient tous à raconter leur histoire, vous voyez un peu le tableau ?

Je devine à ce moment-là qu'il parle probablement de moi, il a dû m'entendre sur France Inter, France Info, ou Radio bleue, toutes m'ont invité, et brusquement confus je me demande que faire, que dire. Sans compter qu'il peut fort bien, d'un moment à l'autre, reconnaître ma voix.

— Ça vous laisse baba, hein ? reprend-il, cherchant de nouveau mon regard dans son rétroviseur.

— Non, au contraire, j'étais en train de penser que j'adorerais que chacun puisse écrire ses mémoires. C'est insupportable de penser à tous ces gens qui meurent sans avoir rien expliqué de ce qu'ils ont compris.

— Mais y'a rien à comprendre ! Qu'est-ce que vous allez chercher ? On vit, on meurt, et entretemps on fait des mômes. Et le pire, c'est qu'on sait même pas pourquoi ! Remarquez, les miens, ils ont tous bien réussis, j'ai pas à me plaindre…

— Si, il y a pas mal de choses à comprendre. Et on ne fait pas des enfants sans savoir pourquoi, c'est faux, on les fait parce qu'on aime sa femme, qu'on a envie de lui faire l'amour, et un beau jour de voir son ventre s'arrondir.

— Oui, bon, je disais ça comme ça parce que je ne me vois pas racontant ma vie sur six cents pages.

— Excusez-moi, je prends tout trop au sérieux… Le problème, c'est l'écriture. La vie des autres intéresse tout le monde, je crois, à condition de trouver les mots pour la raconter. C'est comme la bouffe, si elle est cuisinée n'importe comment, personne ne va en vouloir. À mon avis, c'est dommage que nous ne soyons pas tous écrivains, très dommage.

— Vous rigolez ? Qu'est-ce qu'on ferait de tous ces bouquins ?

— On les lirait, bien sûr. Ils nous rendraient moins bêtes. Vous n'avez pas remarqué que tout ce que nous vivons, tout ce qui nous arrive, est déjà arrivé aux autres ? Seulement ils sont morts sans pouvoir nous raconter comment ils s'en sont sortis.

Puis il monte le son de la radio parce qu'il a reconnu une chanson de Jean Ferrat, « Que la montagne est belle ».

— Vous aimez ?

— Oh oui, beaucoup.

— Ferrat, c'est toute notre jeunesse, dit-il.

J'avais tous ses disques, Agnès me les offrait. Des 78 tours. Où étaient-ils passés ? Quand Ferrat était mort, deux ou trois mois plus tôt, j'avais failli téléphoner à Agnès, je crois que sous le coup de l'émotion j'aurais pu lui avouer que je l'aimais toujours. Agnès aussi s'était éloignée petit à petit, et cependant, dans mon souvenir en tout cas, jamais je n'avais été pris de tremblements au moment de l'enlacer. Alors pourquoi Hélène me précipite-t-elle dans cette émotion ? Rilke ne décrit rien de semblable dans *Les Cahiers de Malte* à l'instant où il tombe amoureux d'Abelone. J'ai bien cherché, j'aurais tellement aimé qu'il m'explique. Il avoue juste sa blessure, ah oui, mais d'ailleurs comment s'y prend-il ? Et comme ses mots ne me reviennent pas immédiatement, je cherche fébrilement son livre dans mon sac de voyage avant que nous arrivions, angoissé soudain à l'idée de n'avoir plus le temps. Mais si, voilà, « Je ne veux rien raconter de toi, Abelone. Non parce que nous nous trompions l'un l'autre : parce que tu en aimais un, encore en ce temps-là, que tu n'as jamais oublié, aimante, et moi, toutes les femmes ; mais parce que, à dire les choses, on ne peut que faire du mal. » À dire les choses, on ne peut que faire du mal, mais à ne pas les dire on meurt. Quel dommage, me dis-je, que Rilke ne soit plus là, mort depuis si longtemps, j'aurais fait le voyage jusqu'au château de Muzot, dans le Valais, pour aller bavarder avec lui de cette absurdité. Ne vaut-il pas mieux faire du mal que mourir ?

Mais nous arrivons. Deux dames sortent sur le trottoir en apercevant mon taxi. Elles me souhaitent la bienvenue, me demandent si le voyage n'a pas été trop long, et quand nous entrons dans le café, je suis surpris de constater que la salle est pleine, et plus surpris encore d'entendre les gens m'applaudir. S'ils savaient comme je suis perdu, en plein naufrage, ils ne m'applaudiraient sûrement pas, ai-je le temps de penser, ce sont les seigneurs qu'on applaudit, ceux qui savent. Puis on me fait asseoir derrière une table de conférencier et aussitôt je me mets à parler. J'explique que je n'aurais pas supporté l'idée de mourir avant d'avoir écrit ce gros livre qui exprime tout ce que j'ai compris, ou deviné de la vie. J'avais sous-estimé la difficulté de se raconter, dis-je, largement sous-estimé puisque je suis tombé malade dès les premières pages, de sorte que je n'ai plus pu écrire et que cette impuissance m'a précipité dans une dépression qui a failli me tuer. Je me rends compte, une fois de plus, que je suis incapable de ne pas dire les choses comme elles sont survenues, tout en songeant qu'à la place des gens (surtout ceux des premiers rangs, témoins de mon émotion et du tremblement de mes mains) je prendrais peut-être peur et m'enfuirais, mais c'est le contraire qui semble se dessiner, les personnes dont je croise le regard acquiescent avec gravité, et aucune ne s'en va.

Et pourtant si, je suis capable de dissimuler (ce qui me réconforte, d'une certaine façon, comme si j'étais finalement moins cinglé que je ne l'imaginais), puisque quand on m'interroge sur mes enfants, sur ma façon d'être père, je ne dis pas un mot des lettres de David et je me dispense d'expliquer que mon fils a brûlé mon autobiographie, laissant s'installer le sentiment que je suis un excellent père.

C'est alors qu'une femme réclame le micro.

— On peut comprendre que vous soyez devenu un bon père, commence-t-elle, car au fond votre propre père n'a pas démérité, mais je m'interroge, et je *vous* interroge, sur la façon dont vous regardez les femmes après ce que vous a fait subir votre mère.

L'idée me traverse aussitôt de raconter ma nuit au Touquet, ce moment épouvantable où épiant Hélène endormie je me suis soudain revu, enfant, épiant notre mère cachée sous l'armoire, mais je devrais alors raconter que je tremble depuis des années avant d'enlacer Hélène, me dis-je, que cette nuit-là je suis sorti pleurer sur le balcon dans le fracas des vagues, et que finalement nous ne faisons plus l'amour. Je réfléchis, et pendant ce temps-là on entendrait une mouche voler. Je m'en veux confusément de connaître la réponse, la *bonne* réponse, et de tergiverser. Mais je tergiverse, oui, partagé entre ce souci que j'ai depuis toujours, me semble-t-il, de révéler ce qui permet d'expliquer l'inexplicable (la vie est si grave, n'est-ce pas, si brève aussi, comment ne pas dire la vérité quand on la tient ?) et ma raison qui m'interdit de dévoiler des faits aussi intimes.

— Je comprends bien le sens de votre question, dis-je finalement, plongeant mon regard dans celui de cette personne comme si je m'apprêtais à lui ouvrir mon cœur, mais les femmes que j'ai aimées m'ont tenu constamment éloigné du souvenir de ma mère, si bien que je n'en ai jamais souffert dans ma vie amoureuse.

Et c'est étrange comme ce mensonge me rassure sur moi-même. Eh bien voilà, me dis-je, continuant de soutenir silencieusement le regard de mon interlocutrice, je vais bien, je suis comme tout le monde, moi aussi je suis capable de raconter n'importe quoi quand on vient m'emmerder sur l'essentiel.

Puis les personnes se pressent autour de ma table pour que je leur dédicace mon livre (c'est nouveau, jamais aucun de mes romans n'a suscité une telle curiosité) et avec chacune nous échangeons quelques mots. Certaines me confient qu'elles ont essayé d'écrire, sur leur enfance, sur leur vie, mais qu'elles ont dû renoncer. Je vous envie, glissent-elles parfois. Et moi j'aurais envie de leur dire de persévérer, mais me souvenant que je suis tombé malade, je m'en tiens à sourire stupidement. Ah oui, oui, dis-je, je vous comprends, c'est difficile. Et soudain, je reconnais au-dessus de moi qui suis toujours assis la femme à laquelle je viens de mentir. Une rousse aux beaux yeux de rousse, des yeux qui ont dû être rieurs, autrefois, me dis-je, mais qui semblent maintenant las.

— Ça vous ennuierait que je vous donne quelque chose à lire ?

— Mais non, pas du tout.

— J'aimerais avoir votre avis.

— Eh bien quand vous voulez…

Ensuite, il y a un buffet, des tartes salées et du vin, tout cela visiblement préparé par les animatrices du club de lecture. On veille à ce que mon verre soit constamment plein, mais je ne parviens pas à avaler quoi que ce soit, sans cesse sollicité, passant d'un groupe à l'autre, et curieux, moi aussi, de ce que les gens ont sur le cœur. Vous savez, je suis également d'une famille nombreuse. – Ah oui ? – Treize enfants. Mais chez nous c'est le père qui a perdu la tête. Un tyran ! Quand je pense à ce qu'a enduré ma pauvre mère… C'est affreux à dire, mais nous avons été soulagés le jour où il est mort. Du reste, ma sœur aînée aurait fini par le tuer. Je crois même qu'elle a essayé de l'empoisonner un jour… Et une autre, un peu plus tard : En vous lisant je me disais : pourvu qu'il ne renonce pas à publier son livre ! Pourvu qu'il ne renonce pas ! Votre premier livre, celui qui vous a brouillé avec toute votre famille. Il m'est arrivé la même aventure qu'à vous, mes frères et sœurs m'ont menacée des pires châtiments si je publiais le récit de notre enfance. – Vraiment ? – Oui, absolument. Et je n'ai pas eu votre courage, j'ai renoncé. Résultat, j'ai fait un cancer deux ans plus tard. – Oh ! – Je m'en suis sortie, rassurez-vous. Cela dit pour vous expliquer… – Vous voyez bien, ce n'est pas une histoire de courage, c'est une affaire de vie ou de mort, et on préfère généralement sauver sa peau, quel qu'en soit le prix à payer.

J'avais oublié la rousse aux yeux de rousse, et la voilà qui vient vers moi avec cette expression fatiguée, ou peut-être agacée.

— Tenez, vous n'avez rien mangé, je vous ai sauvé une part de tarte.

— Merci, je m'assoirais bien maintenant, pas vous ?

La salle s'est presque complètement vidée et nous nous installons dans un coin tandis que trois ou quatre volontaires rassemblent les assiettes sales.

— Alors, vous écrivez ?

— De temps en temps, oui.

— C'est à propos de quoi le texte que vous voulez me faire lire ?

— Je préfère que vous le découvriez.

— Vous avez raison, ma question est idiote.

— Un peu, oui.

— Je suis fatigué et j'ai trop bu, j'ai peur de ne plus être capable de grand-chose. Vous savez où est mon hôtel ?

— Je vous y conduirai tout à l'heure, c'est moi qui l'ai réservé.

— Ah, vous faites partie…

— … du club de lecture, oui. Nous l'avons créé avec deux amies.

— Et vous faites quoi dans la vie sinon ?

— Bibliothécaire. Ça fait longtemps que je vous lis, vous savez.

— Ne me le dites pas trop, j'ai un peu honte de tous mes livres.

— Ah bon.

— Oui, à part le dernier. Je l'ai réussi malgré moi, d'une certaine façon. Enfin, ça serait trop long de vous expliquer tout ça. La tarte était délicieuse… On y va ?

Qu'est-ce qu'il me prend, au moment où je suis assis dans sa voiture, la regardant de profil chercher je ne sais quoi dans son sac à main à la lueur du plafonnier, de lui dire cette chose qui me semble occulter tout le reste, soudain, cette chose au-delà de laquelle je n'imagine rien :

— J'aimerais bien dormir avec vous cette nuit.

Elle me regarde sans manifester ni colère ni surprise.

— J'en ai envie aussi, figurez-vous, mais je n'aurais pas osé vous le proposer.

— Ah, tant mieux. Vous ne pouvez pas savoir comme ça me réconforte.

— Alors on va plutôt aller chez moi qu'à l'hôtel où les gens me connaissent.

— Oui, allons chez vous.

Puis nous nous taisons.

— Tout à l'heure, reprend-elle un peu plus tard, tandis qu'elle conduit prudemment à travers les rues pleines d'ombres trompeuses, quand vous avez dit que vous n'étiez plus capable de grand-chose, j'ai pensé que vous en aviez marre de toutes ces femmes et que vous étiez pressé de vous retrouver seul dans votre chambre d'hôtel.

— Oui, j'en avais marre.

— Je vous ai regardé de loin toute la soirée et à un moment je me suis dit si j'étais sa femme et que je connaissais déjà tout de lui, qu'est-ce que je penserais ? Qu'il est un peu cabotin ? Qu'il joue de son histoire et de son image pour séduire des idiotes dans mon genre ?

— Si vous étiez ma femme, je n'arriverais même plus à vous faire l'amour.

— Pourquoi dites-vous ça ? Parce que je n'aurais plus aucun secret pour vous ?

— Non, au contraire, je trouve que plus on aime une femme plus le mystère s'épaissit, au point que l'approcher me bouleverse trop.

— C'est plus facile pour vous de faire l'amour avec une inconnue ?

— Oui, peut-être. Je ne sais pas, en fait, je vais voir. Et pour vous ?

— Moi, je ne me pose pas ce genre de questions. C'est rare qu'un homme me plaise, et vous, vous me plaisez. Beaucoup.

Mais ça semble plus facile, oui. Au moins au début, me dis-je, découvrant que je ne tremble pas en l'enlaçant par-derrière. Elle n'a allumé aucune lampe en entrant chez elle. Pour faire pipi c'est par là, a-t-elle dit, et j'ai fait pipi un peu à tâtons, assis sur la cuvette comme si j'étais une fille pour ne pas en mettre partout, avant de grimper à l'étage. Elle m'attendait dans sa chambre, debout devant la fenêtre sans rideaux, regardant les immeubles en vis-à-vis, ou le ciel étoilé, je ne sais pas exactement. J'ai commencé à la déshabiller, elle m'a laissé faire, puis elle s'est retournée, a glissé ses mains sous ma chemise, Marc Maison, a-t-elle soufflé en me déposant des baisers mouillés dans le cou, c'est un joli nom pour quelqu'un qui n'en a jamais eu, et j'ai dit ce n'est pas mon nom, c'est un pseudo, et je vous ferais remarquer qu'aujourd'hui j'ai une maison. Elle n'a pas relevé, elle avait d'autres soucis plus pressants. Et vous, c'est comment votre nom ? – Patricia. – Ah, c'est joli aussi. J'étais très calme, elle était bien plus émue que moi, et je lui ai fait l'amour en prenant tout mon temps, satisfait de constater combien mon corps répondait bien dès lors que j'étais loin des miens, étranger à ma propre histoire.

Vous voyez, ma mère ne m'a pas gâché ma vie amoureuse, lui ai-je dit tout bas, plus tard, satisfait de ma performance et sachant que je lui mentais, de nouveau, mais elle dormait déjà, elle n'a rien entendu. Est-ce vraiment le souvenir de notre mère cachée sous l'armoire qui fait que je tremble lorsque j'approche la femme que j'aime, tandis qu'une inconnue ne me fait pas peur ? Comme si le mystère d'Hélène me rappelait sans cesse celui de notre mère. Qui me le dira ? Oh, me dis-je, Kierkegaard peut-être. Je l'avais oublié celui-ci. Kierkegaard que j'ai tellement aimé quand j'étais jeune ! Et je m'endors en songeant que je retournerai chez Gibert, dès mon retour à Paris, pour racheter tous les livres de Kierkegaard que David a dû me piquer bien entendu.

Le lendemain, dans le train du retour, je m'empare du manuscrit de Patricia, plus touché que je ne l'avais cru sur le moment par son désir et le souvenir des mots qu'elle a su trouver pour me l'exprimer. Bien plus touché que je ne l'avais cru, me répétant son nom, Patricia Clermont, comme si j'étais en train de tomber amoureux. Mais quel con ! me dis-je. N'empêche que je suis heureux d'avoir au moins ce texte d'elle, peut-être la chose la plus précieuse qu'elle puisse me confier. Et l'assurance que nous allons nous parler, nous revoir. Cependant, dès la première page c'est assommant. L'histoire de sa rencontre avec Thierry, le fils des voisins, l'année de leurs dix-sept ans à tous les deux. Il se passionne pour l'informatique, elle lit *Les Allumettes suédoises*, puis *Trois sucettes à la menthe*, voudrait partager son plaisir avec le jeune Thierry mais n'obtient que des ricanements en retour. Elle ne parvient pas à nous rendre ce garçon sympathique, de sorte qu'on se demande pourquoi elle l'épouse à la page dix-huit, pressentant que ces deux-là vont rapidement se haïr, et divorcer. C'est en effet ce qui survient à la page soixante-deux, le crétin, devenu entre-temps gros buveur de bière et père d'une enfant de douze ans, osant réclamer la garde de la petite alors qu'il oubliait même ses anniversaires. Suit le récit du divorce devant le tribunal que je m'épargne en refermant le texte à temps pour aller prendre un café à la voiture-bar.

Elle a donc une fille dont elle ne m'a pas parlé,

me dis-je, qui devait être chez son père hier soir. Et machinalement, je me mets à lui écrire, vous l'avez aimé cet homme, Patricia, il aurait fallu trouver les mots pour que nous l'aimions aussi, même si vous aviez en tête combien il vous a déçue par la suite etc. Je devrais lui écrire tout de suite, me dis-je, debout devant mon café, parce qu'ensuite je n'en aurai plus envie, mais je n'ai pas de papier, juste mon porte-mine et mon Rilke dont j'ai déjà noirci les pages vierges. Puis je repense à ma conversation avec le chauffeur de taxi, il a raison cet homme, me dis-je, heureusement que nous ne nous mettons pas tous à écrire notre vie, il n'y a rien de plus triste, de plus désespérant, que de devoir partager le chagrin des autres sans avoir aucun moyen de les réconforter. Oh, que notre impuissance, et la mienne en particulier, me pèse !

Tandis qu'Hélène me parlait, j'étais bouleversé, me disant que jamais je ne l'avais vue si émouvante. C'était un matin, elle était dans notre grande pièce et elle allait partir, allant et venant nerveusement sur ses longues jambes, cherchant son téléphone, peut-être, ou les écouteurs de son iPod que Coline lui pique régulièrement, quand j'avais surgi par l'escalier, sortant du lit. Je peux t'aider, tu as perdu quelque chose ? – Oui, une des boucles d'oreilles que tu m'as offertes. Ça m'énerve trop. Je les avais laissées là hier soir… – Ça doit être le chat, ma chérie. Mets-en d'autres, je la retrouverai.

Et soudain, au lieu de s'en aller, elle s'était assise autour de la table de verre, comme si elle s'apprêtait à reprendre un petit déjeuner avec moi, mais habillée de son blouson de skaï et son sac sur l'épaule. Je te sers un café, tu veux ? – Non, je suis déjà en retard. – Pars vite alors, ne te fais pas de souci pour ta boucle d'oreille, je vais la retrouver. – Marc, je vais prendre un appartement. – Pardon ? – Le départ d'Anna change tout, nous n'allons plus être une famille l'année prochaine. Rien que l'image de nous deux à table avec Coline… – Ah bon. Je n'y avais pas pensé. – La petite ado coincée entre ses parents vieillissants… Tu sais combien j'aime être avec Coline, mais pas comme ça. Et cette maison que je ne peux plus supporter… J'étouffe complètement. À ce moment-là elle avait eu ce geste que je ne lui avais jamais vu de porter la main à son col comme si elle allait en arracher les boutons pour libérer sa poitrine et attraper in extremis le peu d'air qui demeurait respirable avant de tomber en syncope. Bien sûr, Hélène, si c'est ça, il faut que tu partes, avais-je abondé. Jamais je n'aurais imaginé que tu te sentais enfermée avec nous… – Je ne me sens pas du tout enfermée avec toi, mon chéri. Pas du tout, je t'aime, je suis heureuse de te savoir à la maison quand je rentre du boulot, mais c'est cette image de nous trois à table. – Je comprends, oui. – Et puis tu sais, toutes ces années j'ai pris sur moi pour « faire famille », pour que David et Claire retrouvent une maison, pour que nos filles grandissent bien, mais je me rends compte maintenant combien tout ça m'a pesé. – Je le sais, je l'ai toujours su, Hélène, et en même temps tu ne m'as jamais donné le sentiment de te forcer, ou de faire semblant. C'est même toi qui nous as constamment dicté comment nous y prendre, aux enfants comme à moi, je veux dire, l'achat de la maison, nos voyages en famille, tous les gens que l'on a hébergés, dépannés, sans toi, on n'aurait rien fait de tout ça. – Oui, bon, excuse-moi, j'ai une réunion, je dois m'en aller. À ce soir, passe une bonne journée.

Elle était partie sans même m'embrasser, dans un drôle d'état, m'avait-il semblé, coupant court aux explications qu'elle déteste. Non, qu'elle s'est *mise* à détester, m'étais-je aussitôt corrigé, me souvenant combien elle aimait me parler au début, avant la naissance d'Anna, m'expliquer comment nous allions faire pour reconstruire une famille autour de mes deux premiers enfants, et être heureux. Toi, mon chéri, tu pourras écrire autant que tu le voudras, et moi je voyagerai comme j'aime, et on se retrouvera dans des hôtels, puisqu'on adore les hôtels tous les deux, n'est-ce pas, surtout faire l'amour dans les hôtels, et ressortir la nuit quand tout le monde dort, et se promener ensemble dans des villes qui nous sont complètement étrangères. C'est ce que nous avions fait, nous retrouvant à Bombay, à Bogotá, à Biarritz, à Rome, à Barcelone. C'est fou ce qu'elle a changé en vingt ans, m'étais-je dit. Si bavarde à vingt-cinq ans, ayant un avis sur tout, et surtout une solution à tous mes problèmes de crétin divorcé avec mes deux enfants petits et Agnès qui me pourrissait la vie ; si pudique et réservée à quarante-cinq, me donnant le sentiment, lorsqu'elle veut bien parler, de s'arracher les phrases une à une, maladroitement, dans la douleur.

Puis j'étais parti sur mon *Dangre* pour Rueil, mais en tenue de ville, avec un pantalon et mes chaussures de cuir. Tout au long de l'écriture de mon autobiographie j'étais retourné à Rueil à vélo revoir la cité où nous avions été relogés après notre expulsion de Neuilly. J'avais rôdé sous nos fenêtres, passant parfois une partie de l'après-midi à contempler notre immeuble, assis dans l'herbe sur une espèce de tertre, traversé des souvenirs de notre mère hurlant, ou sanglotant, ou encore de Toto surgissant les soirs d'hiver comme un sauveur au volant de sa 203 complètement démolie, mais jamais je n'avais osé entrer, grimper au deuxième étage et sonner à la porte de droite pour demander qu'on veuille bien me laisser entrer dans la pièce où notre mère s'était cachée. Maintenant, j'étais décidé à le faire, parce qu'il me semblait que même après tant d'années, si je trouvais le courage de sortir de mon lit (je veux dire de mimer la scène simplement) pour aller m'agenouiller au pied de l'armoire sous laquelle s'était glissée notre mère et de lui parler, de lui dire les mots que je me répétais sur mon vélo, les mots que je m'en voulais tellement de ne pas lui avoir dits cette nuit-là, pourquoi tu fais ça, maman ? viens, sors de là, c'est indigne d'un parent de se cacher, tu te conduis comme une petite fille alors que tu as beaucoup d'enfants qui comptent sur toi, eh bien que si je trouvais ce courage, je serais sauvé. Ayant dit ces mots, même après tant d'années, notre mère, pensais-je, cessera de m'épouvanter, et du même coup je ne tremblerai plus en approchant Hélène. Depuis la nuit du Touquet j'étais conscient de l'urgence qu'il y avait à me sauver, pour nous sauver, Hélène et moi.

J'étais en train de constater que notre appartement était à présent occupé par une famille africaine, les Bambakou, dont la femme refusait de m'ouvrir, ne comprenant rien à ce que je voulais, quand mon téléphone avait sonné. C'était Hélène. Je visite deux studios à l'heure du déjeuner. – Ah, très bien. – Les deux ne sont pas loin de la maison, comme ça Coline pourra passer facilement. – Oui, je comprends. – Où es-tu, là ? – Pourquoi ? Tu voudrais que je t'accompagne ? – Non, non, je préfère choisir toute seule. Tu sais, j'ai pensé à un autre truc : je ne veux plus qu'on ait le même compte en banque. Je veux pouvoir prendre conscience de ce que je dépense, j'en ai marre d'avoir l'impression de profiter de l'argent que tu gagnes. – Tu fais ce que tu veux, Hélène, mais je trouve ça complètement con. J'ai toujours trouvé ridicule ces couples qui ont chacun leur compte et qui se remboursent mutuellement une boîte de six œufs. – Peut-être, mais là j'en ai besoin. – Eh bien fais-le, alors, mais moi ça ne m'intéresse pas, je continuerai à payer les factures sans les couper en deux. Ça me déprime rien que d'y penser. M'entendant parler sur son palier, Mme Bambakou avait fini par entrouvrir sa porte pour me menacer d'appeler la police si je ne partais pas de là, et j'avais aussitôt raccroché avec Hélène et dévalé l'escalier.

C'était une matinée de perdue, sans compter que cette femme m'avait repéré et qu'elle risquait de me faire des ennuis si je revenais traîner au pied de notre immeuble. J'étais donc assez abattu en traversant Suresnes, longeant les Cités-Jardins pour rejoindre le boulevard Henri-Sellier qui me ramènerait en pente vive, et sans un coup de pédale, jusqu'à la Seine et au bois de Boulogne, lorsque j'avais eu envie d'appeler Patricia. Mon Dieu, m'étais-je dit, il y a encore quelques mois je n'aurais prêté aucune attention à cette fille, nous n'aurions pas couché ensemble, et voilà que pris dans le dérèglement de notre vie elle m'apparaît comme une consolation. Alors que je ne sais rien d'elle, si ce n'est l'histoire affligeante de son mariage et qu'elle a aimé lire à dix-sept ans Robert Sabatier (mais moi je lisais bien Gilbert Cesbron), alors que j'ai même du mal à me rappeler son visage. Non, ça c'était faux, je la revoyais parfaitement à l'instant où elle m'avait apporté cette part de tarte, une mèche rousse lui tombant sur l'œil, la bouche amère à cet instant, fatiguée, ou agacée, mais néanmoins flamboyante dans cette robe verte qui lui faisait une jolie silhouette. Nous sommes comme des enfants, m'étais-je dit, quittant la rue principale pour entrer dans les Cités-Jardins, aussitôt que nous nous sentons malmenés, nous saisissons la première main tendue. Nous sommes pitoyables, nous ferions n'importe quoi pour ne pas souffrir. Hélène ne me désire plus, et maintenant elle ne veut même plus de mon argent… Me rappelant cette conversation stupéfiante sur le palier de l'appartement où notre mère m'avait détruit le cœur quelques décennies plus tôt, j'avais été pris d'une angoisse vertigineuse, soudain, pressentant pour la première fois que tout ce que nous avions construit avec Hélène était peut-être en train de s'effondrer, comme s'était effondrée ma vie avec Agnès vingt ans plus tôt. Et le sentiment de notre chute avait été si vif que j'étais descendu de vélo, me tenant le ventre comme un homme pris de crampes à l'estomac, pour gagner un banc sur lequel je m'étais affalé, abandonnant mon *Dangre* contre un arbre.

L'idée d'appeler Patricia avait été chassée par l'urgence de rappeler Hélène. Enfin, comment pouvait-elle me balancer à la figure de telles nouvelles sans avoir l'air d'en deviner la portée, tout en m'assurant qu'elle continuait de m'aimer, et même plus qu'avant. Hélène, je me sens très mal brusquement. – Mais qu'est-ce qui t'arrive, mon chéri ? Où es-tu ? – Ce truc des comptes en banque séparés, je ne comprends pas… – Mais c'est rien du tout, voyons ! J'ai bien vu que tu ne comprenais pas, tu m'as raccroché au nez. – Je ne t'ai pas raccroché au nez, je ne le fais jamais et je déteste les gens qui le font, quelqu'un me menaçait. – Comment ça, qui te menaçait ? Je ne comprends rien. – Laisse, ça n'a aucune importance. Moi, ce que je ne comprends pas, c'est pourquoi tu veux qu'on ait des comptes séparés. – Parce que je ne veux plus avoir le sentiment de dépenser ton argent, j'ai essayé de te l'expliquer tout à l'heure… – Ça me rend malade, Hélène. – Marc, je t'en supplie, ne dramatise pas tout. Je change des choses dans ma vie, mais je reste ta femme, je n'imagine pas une seconde de vivre sans toi si ça peut te rassurer. – Bon, excuse-moi, je n'aurais pas dû t'appeler, c'est infernal d'avoir ce genre de conversation au téléphone. – Ce soir je suis prise, mais si tu veux, demain soir, on peut dîner tous les deux quelque part. – Oui, d'accord, faisons ça.

Et c'était en dévalant le boulevard Henri-Sellier que m'était revenue brusquement à l'esprit la phrase d'Agnès, je tiens énormément à toi, Marc, alors même qu'elle disparaissait tous les week-ends avec son amant. Je tiens énormément à toi, tout en me passant une main distraite dans les cheveux, n'est-ce pas, et avant de courir à la boîte aux lettres voir s'il ne lui avait pas écrit quelques lignes enamourées depuis le Vercors où il faisait un stage de parapente (cet imbécile qui ne s'habillait qu'au Vieux Campeur et qui avait convaincu Agnès d'en faire autant, de sorte que même pour aller à son travail, en plein Paris, elle avait désormais l'air d'une monitrice de ski). Oh, m'étais-je dit, franchissant le pont de Suresnes, est-ce que tout ne serait pas en train de recommencer ? Certes, Agnès ne s'était pas cachée d'avoir un amant, mais durant plus d'une année elle était parvenue à me retenir en m'assurant que ça ne serait qu'une histoire brève, bien peu de chose au regard de tout ce que nous partagions, elle et moi. Peut-être Hélène aimait-elle un autre homme, elle aussi, mais non, ça c'était impossible, en tout cas bien trop douloureux, inimaginable tout simplement, m'étais-je dit, mais il n'empêche qu'il m'avait semblé retrouver dans sa bouche des accents d'Agnès. Puis pédalant dans le bois de Boulogne en direction de la porte Maillot, j'avais eu conscience d'avoir contracté une maladie honteuse : jamais, m'étais-je dit, je ne devrai révéler à Hélène que notre situation, et surtout son attitude, m'ont évoqué ce que j'ai connu avec Agnès. Elle le prendrait très mal, et elle aurait raison, tant il est vulgaire et humiliant de prêter à une personne des sentiments que l'on a connus chez une autre. Non, jamais je ne devrai parler de cela à Hélène, avais-je décidé, mais maintenant le ver était dans le fruit et sans le vouloir, tout en m'en défendant, même, je m'étais mis à chercher des points communs entre l'effondrement de notre vie avec Agnès et la délitescence, dont j'étais le témoin impuissant, de ce que nous avions construit avec Hélène.

C'était alors que m'était apparue une similitude qui m'avait complètement échappé : Agnès m'avait quitté tandis que je publiais mon premier roman, complètement autobiographique, et voilà qu'Hélène allait déménager alors que mon autobiographie sortait en librairie. Comme si, écrivant ou récrivant ma vie, j'en clôturais malgré moi un épisode, entraînant aussitôt notre chute, avant que les choses se réorganisent pour une nouvelle étape. Dès notre rencontre, et alors qu'elle n'avait que seize ans (et moi dix-neuf) j'avais dit à Agnès qu'un jour j'écrirais ce roman autobiographique, qu'un jour je serais écrivain, et dans mon esprit c'était l'écrivain futur qu'elle avait aimé tant j'avais une image désastreuse de moi-même en ce temps-là. Mon pauvre garçon, me répétait d'ailleurs la mère d'Agnès, vous n'allez pas vivre toute votre vie de petits boulots. Vous finirez clochard avec vos rêves d'écriture, et je n'ai pas envie que vous entraîniez ma fille dans vos élucubrations. Je n'avais pas eu à l'entraîner, elle m'avait suivi, mais elle avait pris un amant alors même que je m'engageais dans l'écriture de ce livre annoncé depuis vingt ans. Comme cette coïncidence était étrange, m'étais-je dit. Puis elle avait lu mon manuscrit (et je l'avais revue le lisant, à plat ventre sur notre lit et se levant à intervalles pour aller s'enfermer dans la salle de bains, et sans doute y vomir), il l'avait ulcérée par sa violence, et si elle avait songé à revenir vers moi, mon roman l'en avait sans doute dissuadée (par ma faute, je me l'étais répété encore une fois, David et Claire avaient été définitivement coupés de tous leurs cousins et notre vie familiale dévastée). Peut-être Agnès s'était-elle réfugiée dans les bras de son amant parce que me voyant écrire furieusement, sans cesse en colère contre ma mère et ne trouvant plus le sommeil, elle avait pressenti le cataclysme, m'étais-je dit, remontant l'avenue de la Grande-Armée. Peut-être. Mais alors j'avais songé que j'avais imposé bien pire à Hélène puisque durant l'écriture de mon autobiographie (plus de six cents pages) j'étais devenu carrément cinglé, allant jusqu'à me réfugier la nuit dans des hôtels, avant de prendre un appartement et d'abandonner momentanément les miens. Hélène était heureuse pour moi que ce livre, qui m'avait tant coûté, soit enfin en librairie, mais il n'empêche qu'elle m'annonçait son départ à cette occasion. D'ailleurs, m'étais-je dit, Agnès aussi avait été heureuse de la parution de mon premier roman, m'appelant aussitôt qu'elle découvrait un article élogieux pour me le signaler, exactement comme le faisait Hélène aujourd'hui, et cela tout en me quittant, sortant si ça se trouve du Vieux Campeur, ou d'une chambre d'hôtel, au bras de Rodrigo. Et là, de nouveau, me figurant Hélène dans une situation similaire, j'avais dû m'arrêter de pédaler pour m'asseoir sur un banc de la place des Ternes, le ventre noué et tremblant comme si j'étais en train de tomber malade.

Il faut que je parvienne à écrire tout ça, me dis-je, tandis que les gens traversent en tous sens sous le soleil pour aller déjeuner, les femmes en tenues vaporeuses et talons hauts, les hommes en costumes d'été, la veste sur l'épaule parfois, sans me prêter la moindre attention, par chance, et dans le tumulte incessant des klaxons, sinon je vais être emporté par les événements, par tous les souvenirs épouvantables qu'ils ravivent, perdre complètement pied et finir interné. Pourquoi les choses se délitent-elles au moment justement où nous pensions les tenir ? Nous passons des mois à écrire ce que nous avons compris, à sauver de l'oubli ceux que nous avons le plus aimés, à régler leurs comptes à ceux que nous haïssons, non pour eux-mêmes car ils sont morts la plupart du temps, mais pour les sentiments qu'ils ont incarnés que nous ne voulons plus voir, jamais, et tandis que nous menons à bien cette entreprise colossale, toute notre vie présente se fissure et puis s'effondre. Il faudrait être sans cesse au four et au moulin, me dis-je, écrivant inlassablement sur le passé tout en vivant intensément le présent, mais qui le peut ? Il y a six ou sept ans, tandis que j'écrivais ce livre sur Hélène, scrutant ses photos à la loupe, enfouissant mon visage dans ses vêtements, découvrant en vérité combien je l'aimais, combien elle me touchait, je n'avais pas pris garde que la vie continuait, dehors, et c'était sans doute durant ces mois que j'avais consacrés à faire d'Hélène une œuvre, ma plus belle œuvre, m'arrivait-il de penser comme un idiot, enfermé dans mon bureau, qu'elle avait commencé à se détacher de moi, m'abandonnant de vieilles images d'elle pour en inventer d'autres que je découvrirai peut-être un jour, mais trop tard. Et qui sait alors si je ne me mettrai pas à écrire sur Hélène des livres pleins de désespoir et de colère, comme je l'avais fait pour Agnès ? Éternellement en retard d'un train et furieux contre moi-même.

Elle est heureuse du studio qu'elle a choisi.

— Ça y est, j'ai les clefs. Quand est-ce que tu viens le voir, Marc ?

— Je ne sais pas. Ce soir. Quand tu veux.

— D'accord, je te donne l'adresse et on se retrouve devant vers six heures.

C'est un immeuble moderne, très impersonnel, qui me rappelle immédiatement celui qu'elle habitait quand je l'ai connue. Je sonnais à l'interphone, elle m'attendait à la sortie de l'ascenseur, son jean trop grand serré à la taille par un ceinturon de garçon, un petit haut sans forme vaguement boutonné sur le devant, et tout de suite elle me jetait les bras autour du cou et me fourrait sa langue. Tu veux que je te fasse couler un bain ? Tu veux du thé ? J'ai acheté des macarons et du cake. Parfois, on n'avait pas la patience, on se déshabillait et le thé refroidissait. D'autres fois, j'étais si déprimé par mon divorce, par le désarroi que je venais de lire dans le regard de David ou de Claire, que j'avais besoin d'écouter Hélène pendant une heure avant d'éprouver le plaisir d'être là. Rien n'était insurmontable dans la vie telle qu'elle me la décrivait, et en effet elle avait élevé mes enfants toutes ces années, échouant avec David comme j'avais échoué, mais sauvant Claire du chagrin dans lequel elle se noyait. Cette relation qu'elle a su inventer avec Claire, me dis-je, patientant devant l'immeuble, c'est peut-être la chose la plus précieuse que m'a donnée Hélène. Et je songe au coup de fil quotidien qu'elles se passent toutes les deux, à la façon dont Hélène a déteint sur Claire, lui transmettant son culot, une forme d'humour un peu voyou, une façon de se tenir, de s'habiller, que Claire a su concilier avec ce qu'elle a pris d'Agnès. Mais brusquement, je suis bien obligé de repenser à la fêlure qu'a introduit entre elles deux la déconvenue de Noël. Nous allions passer Noël à Salzbourg et Vienne, c'était un rêve d'Anna qui voulait connaître tout ce qui s'attache à Mozart. Quel est celui d'entre nous qui avait émis l'idée que ça serait notre dernier voyage en famille ? Moi, sans doute. J'avais aussitôt appelé Claire. Dis-moi, Claire, à Noël nous allons partir en voiture en Autriche, tu viendrais avec nous ? On partirait tous les cinq, comme au bon vieux temps des voyages en Italie. – Ben oui, pourquoi pas ? – Ça nous rappellera des souvenirs, hein ? – D'accord, je viens avec vous. Quand j'avais dit ça à Anna, j'avais aussitôt vu son visage s'illuminer. On prendra des couvertures, avait-elle dit, et on dormira comme quand on était petites, pendant que maman et toi vous parlerez, devant. – Oui, tu te souviens ? – C'était trop bien les voyages en Italie. Et j'adorais les hôtels quand on arrivait dans les villes. – Moi aussi, ma chérie. Hélène nous dénichait toujours de vieux hôtels luxueux comme je les aime. – Et on dormait toutes les trois dans la même chambre, et vous, les parents, vous aviez votre chambre. – Oui, eh bien on va faire la même chose en Autriche. Coline avait été la seule à émettre des réserves. Heu… non. Moi j'ai pas du tout envie de venir. – Mais pourquoi ? Réfléchis bien, ma Coline, c'est sûrement la dernière occasion qui se présente de partir tous ensemble. – Papa, tu sais bien que je déteste la voiture. – On va aller dans un pays que tu ne connais pas, dans de beaux hôtels, au restaurant… – En plus, j'ai pas envie d'être enfermée dans une voiture avec Anna qui va encore tout le temps me critiquer. – Mais Claire sera là, Coline. Vous vous entendez très bien toutes les deux. – Oui, ça c'est vrai, ma Clairou ! Et finalement, elle avait dit bon, si Claire vient je veux bien venir aussi. Alors Hélène s'était mise à nous chercher de vieux palaces à Munich, à Salzbourg, à Vienne. Elle me les avait montrés en photos sur Internet, assez fière de ses découvertes, et nous avions commencé à discuter des thermos de café que nous emmènerions, des manteaux et des chaussures pour les filles puisque nous allions sûrement rencontrer la neige. Hélène, qui n'avait aucune attirance pour l'Autriche, avait fini par s'enthousiasmer pour ce voyage. Nous étions à l'avant-veille du départ quand Claire m'avait appelé. Tu sais, papa, finalement je ne le sens pas de partir avec vous. –

Ah bon. – Non, sur le moment ça m'a plu, bien sûr, mais là je ne me vois pas, à vingt-deux ans, repartant en famille, coincée entre mes deux petites sœurs… – Je comprends, oui. – Ça m'ennuie de te le dire au dernier moment, mais plus le jour approche, plus ça m'angoisse. – Je préfère que tu me le dises maintenant plutôt qu'une fois dans la voiture. – Tout de même, ça m'ennuie. – Écoute, c'est comme ça. Je vais voir comment sauver le truc. Mais à peine l'avais-je annoncé à Hélène que j'avais vu son visage se décomposer. Alors là, Claire… avait-elle lâché, laissant sa phrase en suspens. – Elle n'avait pas réalisé ce que ça impliquait, ma chérie. – Elle nous fiche tout le voyage en l'air, Marc. Je la trouve super incorrecte de nous prévenir maintenant. – Attends Hélène, je vais voir les filles, essayer d'arranger les choses. Mais je n'avais rien arrangé du tout. Anna s'était aussitôt mise à pleurer en disant que sans Claire ce voyage n'avait plus aucun intérêt. Coline m'avait expliqué que si c'était pour partir avec Anna et nous, elle ne venait pas. Moi, je voulais bien avec Claire, papa, mais là je vois déjà les vieilles vacances avec les parents… De fait, Coline n'était pas venue, et j'avais passé une heure à convaincre Anna de ne pas renoncer à ce voyage qui était son rêve, au départ. Hélène avait acquiescé silencieusement, pour ne pas me compliquer la vie, et nous étions partis tous les trois, mais j'avais bien vu qu'elle aurait préféré qu'on annule, blessée par ce qu'elle devait appeler plus tard, au détour d'une phrase, « l'égoïsme et l'ingratitude de Claire ». C'est à partir de cette déconvenue, me dis-je, toujours planté devant son immeuble, qu'Hélène a semblé se retirer petit à petit de la famille, choisissant d'aller faire le marché du dimanche avec ses copines, puis de prolonger ce moment par un apéritif en terrasse avec les mêmes copines, plutôt que d'organiser un brunch à la maison avec les enfants comme elle en avait pris l'habitude (sans Hélène, jamais je n'aurais connu ce mot de « brunch »), Claire appréciant alors de se joindre à nous, mais rarement David. Oui, c'est à partir de là, me dis-je, prenant soudain une conscience aiguë de la chose, qu'Hélène a désinvesti la vie familiale, comme si nous l'avions déçue.

J'étais en train de me demander si ce n'était pas précisément durant ces vacances de Noël où elle nous avait fait faux bon que Claire avait été initiée à la cocaïne par ce petit con de David quand j'avais vu arriver Hélène, souriante mais le front têtu.

— C'est nouveau ce truc d'être toujours en retard.

— Oui, c'est vrai, je m'en suis rendu compte récemment. Excuse-moi, mon chéri. Tu veux bien m'embrasser quand même ou tu es en colère ?

— Je veux bien t'embrasser, jamais je ne serai en colère contre toi, Hélène.

— Alors qu'est-ce que tu en penses ?

— De quoi ?

— Mais de l'immeuble, de la rue…

— L'immeuble est bien. C'est à quel étage ?

— Tout en haut. Viens.

Tu vois, ce que j'aime, dit-elle en sortant de l'ascenseur, c'est qu'on se croirait dans un hôtel. Et en effet, la moquette épaisse et le long couloir distribuant une multitude de portes toutes semblables donnent le sentiment de se trouver dans un de ces hôtels internationaux qu'on rencontre autour des aéroports.

Elle ouvre, nous traversons un vestibule, et aussitôt nous sommes dans une grande pièce immaculée que prolonge un balcon.

— C'est joli, dis-je. C'est bien qu'il ait été refait à neuf. Et puis tout ce ciel… tu n'as pas de vis-à-vis.

— C'est l'avantage d'être au septième. J'avais le choix entre celui-ci et un autre bien plus charmant, bien plus romantique, dans un immeuble ancien. J'ai préféré celui-ci.

— Oui.

— Je ne me voyais pas m'installant toute seule dans l'autre.

— Je comprends.

— Regarde le balcon, il est assez grand pour mettre une table et deux chaises.

— Oh oui, largement.

— Tu viens voir le reste ?

Nous retournons dans le vestibule.

— Ce que j'aime aussi c'est qu'il y a du rangement, dit-elle en ouvrant les deux portes d'un placard immense et profond. Je vais pouvoir caser tous mes vêtements.

Et tandis que j'admire silencieusement son placard je songe qu'elle va donc retirer ses habits de notre maison, ses habits si nombreux qu'ils occupent tous les placards, et même les deux ou trois étagères qui me sont théoriquement réservées, et cette pensée me vide le cœur brusquement. Le voit-elle ? Le devine-t-elle ? En tout cas elle corrige :

— Enfin, pas tous mes vêtements, bien sûr. De toute façon ça ne rentrerait pas.

— Non, ça je crois, il faudrait au moins trois placards comme celui-ci pour tout caser.

— Celle-ci tu ne la rates jamais, tu es pire que Coline… Et voilà la cuisine.

Une cuisine étroite, mais close.

— C'est bien que tu n'aies pas une de ces ridicules *cuisines américaines*, comme disent ces crétins d'agents immobiliers, où tu te retrouves à dormir la tête dans le frigidaire.

— Oui.

— C'est petit, mais je pourrais t'installer une table escamotable dans le coin, là, pour les repas.

— Tu crois ? Je ne sais pas. Les repas, je peux très bien les prendre dans la grande pièce.

— Quand tu es seule, c'est plus pratique de bouffer dans la cuisine, non ?

— Bon, on verra… Et la salle de bains. La salle de bains, je l'adore ! Elle est grande hein ? Par contre, si tu pouvais m'installer un rideau de douche…

— Oui, bien sûr. Quand vas-tu emménager ?

— Je pensais le week-end prochain. Tu aurais le

temps, le week-end prochain, de me donner un coup de main ?

— On prendra la bagnole. J'en profiterai pour apporter mes outils et te faire tous tes travaux.

— D'accord. Tu crois que tu pourrais me fixer une tringle à rideaux aussi ? Parce que je ne me vois pas dormant avec toute cette lumière…

Elle était en train de remplir nos sacs de voyage de ses vêtements, c'était un samedi matin, moi assis à mon bureau la porte ouverte, ne faisant rien, mais pressentant que je devais très vite me mettre à écrire si je ne voulais pas commencer à mourir, quand je m'étais levé, ne parvenant plus à rester assis mais en même temps ne sachant pas pourquoi je me levais, ne sachant où me mettre en vérité tant la douleur était intense, de sorte que j'étais demeuré debout un instant, indécis, immobile, glissant mes mains dans mes poches puis les en retirant, saisissant mon stylo qui était sur mon bureau pour en dévisser le capuchon, inspecter machinalement la plume, avant de revisser le capuchon et de reposer le stylo, puis de sortir de la pièce et de m'entendre dire, à quelques pas d'Hélène que je voyais de dos devant ses étagères en désordre, Hélène, tu ne veux pas me prendre dans tes bras, s'il te plaît, juste une minute, je me sens si mal. Elle s'était retournée, elle avait aussitôt lâché les vêtements qu'elle tenait, oh mais bien sûr mon chéri, viens, viens dans mes bras, on va s'allonger un moment si tu veux. Et nous nous étions allongés sur le lit défait, et j'avais commencé à la caresser et à l'embrasser comme si rien n'avait existé de tout ce que nous avions connu ces derniers jours, comme si rien n'avait été dit, n'est-ce pas, comme si nous pouvions revenir en arrière, jusqu'au moment où tout en me caressant elle-même le visage, et sans cesser d'être là, sans cesser de me laisser faire, elle avait dit tout doucement Marc, tu veux vraiment ? – Oh non, m'étais-je aussitôt défendu, oh non, pas si toi tu ne veux pas. Alors pendant un moment qui m'avait paru assez long, mais aussi profondément réconfortant, comme si le temps s'était figé et que nous allions pouvoir demeurer ainsi pour l'éternité, étroitement enlacés, sans plus avoir peur de ce qui nous attendait, nous n'avions plus bougé, sa main arrêtée sur mon visage, mes lèvres fermées recevant son souffle tiède et régulier, et finalement elle avait ajouté tu sais bien, mon chéri. – Oui, avais-je dit. Oui. Et je ne l'avais plus caressée, et elle non plus. Nous étions encore restés comme cela interdits, sur le lit défait, n'osant plus un geste. Et soudain, je m'étais entendu dire tout haut mais qu'est-ce qu'on va faire, Hélène ? Qu'est-ce qu'on va faire ? – Je ne sais pas, avait-elle dit.

— Tu ne peux pas savoir comme la salle de bains est dégueulasse ! s'exclame-t-elle, surgissant avec sa bouteille de Cif et son éponge. Elle paraît propre, comme ça, mais aussitôt que tu te mets à gratter la baignoire tu vois la couche de crasse.

— Ah ouais.

— C'est joli ce câble pour les rideaux…

— Et si ça ne suffit pas pour te faire la nuit, je pourrai te fixer des stores directement sur la fenêtre. Des stores à enrouleur, tu sais ?

Mais elle ne m'écoute plus, ça ne l'intéresse pas mon histoire de stores à enrouleur.

— Tu voudras bien me mettre aussi une glace dans la salle de bains, et le porte-serviettes ?

— Oui, ne te fais pas de souci.

Elle retourne dans la salle de bains. Au bout d'une heure, peut-être, et alors que nous nous tenions toujours enlacés sur le lit, moi n'osant plus la caresser et elle maintenant sa main sur mon visage, c'était elle qui avait proposé qu'on se fasse du thé. Viens, on va se faire un thé, et ensuite on fera mon déménagement. Le thé avait été agréable, elle m'avait pris la main à un moment, ça va aller, mon chéri ? – Oui, pendant que tu termines tes sacs, je vais commencer à charger la voiture. Et aussitôt j'avais vu ses traits se détendre, elle était contente que je sois vivant, que je ne revienne pas sur cette chose impossible pour laquelle nous n'avions pas de solution.

Soudain, je la revois avec la même bouteille de Cif chez David. Moi remplissant des sacs-poubelle de toute la terre qu'il avait répandue sur son balcon, et Hélène récurant son frigidaire, à genoux. Hélène récurant la merde de mon fils. C'était un week-end également, mais quand ? Avant l'emménagement de Claire dans son nouvel appartement, ou après ? Je suis si fatigué, alors que je ne fais rien de mes journées si ce n'est pédaler et parler de mon autobiographie sur les radios, que je ne parviens même plus à restituer dans leur chronologie les événements de ces dernières semaines. Oui, me dis-je, mais c'est étonnant comme je retrouve subrepticement ma place, et une forme de légitimité, aussitôt que je bricole pour Hélène. Je suis comme Toto, tiens, accomplir des miracles pour la femme que j'aime (puisque Hélène, qui ne sait pas planter un clou, voit là des miracles) me remplit de satisfaction. Et aussitôt je me rappelle Toto, perché sur son escabeau, de la poussière de plâtre plein les trous de nez, moi le maintenant fermement pour qu'il ne tombe pas, tiens mon petit vieux, sois gentil, passe-moi donc le gros tournevis que j'aperçois là, à tes pieds. Elle avait beau le faire braire nuits et jours avec ses tringles à rideaux, ses moulures Grand Siècle et toutes ses conneries, tu veux que je te dise une chose, Marc ? eh bien elle commence à me courir sérieusement sur le haricot la reine-mère, elle avait beau le faire braire, n'empêche que certaines après-midi il laissait tomber sa perceuse pour aller s'enfermer dans la cuisine avec elle où je le surprenais un peu plus tard en train de lui caresser les fesses. Il m'a tout appris du bricolage, me dis-je, mais il était bien plus fort que moi, lui ne tremblait pas au moment d'enlacer notre mère, et d'ailleurs elle n'a jamais cessé de le désirer.

Oui, je me sens à ma place aussitôt que je bricole pour Hélène, me dis-je. Quel est l'homme qui constatant que sa femme s'en va, qu'elle le quitte peut-être, rappliquerait aussitôt avec ses outils pour lui suspendre des rideaux, lui installer son porte-serviettes et ses miroirs ? Eh bien moi, justement. Un autre se mettrait en colère, tu veux t'en aller, eh bien pars, mais démerde-toi avec tes rideaux. Moi non, jamais je n'ai dit à Agnès un mot plus haut que l'autre, et je sais que je vais continuer d'aimer silencieusement Hélène, comme je continue d'aimer Agnès tant d'années après. Je me fais l'effet de ne pas être un homme comme les autres, d'être à peine un homme, en vérité, mais en même temps je l'ai bien cherché puisque depuis toujours je déteste les hommes avec leur sacro-sainte virilité et cette suffisance qu'ils affichent partout. Je me souviens qu'enfant, suivant Toto dans ses tournées de représentant, je les méprisais déjà avec leurs chemises roses et leurs gourmettes. Des crétins prétentieux pour la plupart.

Le lendemain dimanche, tandis que je termine les travaux dans sa cuisine, Hélène est de très bonne humeur.

— J'ai pensé qu'on pourrait tous dîner chez moi ce soir. C'est une bonne idée tu crois ?

— Pourquoi pas ?

— Comme ça les filles verraient où j'habite… Je vais voir d'abord si Claire est libre.

Mais oui, Claire se demandait justement si elle pouvait passer. Anna ne se fait pas prier. Seule Coline est mécontente, elle n'aime pas se coucher tard les veilles d'école, et du coup Hélène rappelle ses sœurs pour avancer le dîner d'une heure.

Il n'y a qu'une petite table de jardin sur laquelle Hélène dispose tout ce qu'elle a préparé, du melon, de la salade d'avocat et de pamplemousse, du fromage et des fruits. Nous mangerons l'assiette sur les genoux, les uns sur le balcon, les autres à l'intérieur, dans l'embrasure de la baie vitrée. C'est une belle journée de printemps qui n'en finit plus. Claire et Anna arrivent en même temps, un peu intimidées me semble-t-il, puis Coline, cinq minutes plus tard. C'est elle qui dit tout haut ce que les autres n'osent pas demander.

— Mais qu'est-ce que c'est cet appartement, maman ? Tu quittes papa ?

— Pas du tout, non, j'ai simplement besoin d'être un peu seule.

— Et toi, papa, comme d'habitude, tu fais ses quatre volontés.

— Oui ma Coline, dis-je en éclatant faussement de rire, tu sais bien que je ne refuse jamais rien à ta maman.

— En plus, ça va coûter très cher, vous êtes complètement fous !

— J'avoue..., dit Anna, mais presque tout bas, à sa façon, inspectant silencieusement les lieux.

— Mais vous commencez à m'emmerder, là, toutes les deux, proteste Hélène, à moitié en colère déjà, je gagne ma vie, je suis libre de faire ce que je veux ! En quoi ça vous regarde ?

— Allez, venez vous asseoir.

— Bon, moi je me mets sur le balcon pour pouvoir fumer, dit Claire. Le balcon, c'est la seule chose que je regrette, sinon je préfère mon appartement au tien, Hélène.

— Ben ça évidemment, dit Hélène en commençant à remplir les assiettes. Mais des appartements comme le tien, ma chérie, on n'en trouve pas, surtout à ce prix-là.

Claire est contente. Être jalousée ne compensera jamais ce qu'elle n'a pas eu, enfant, mais tout de même, c'est le genre de petites consolations qui la réconfortent.

— L'appartement de Claire, dit Anna, on va le garder dans la famille, hein papa ? C'est même toi qui l'as dit.

— Oui, ma chérie, absolument.

— Et plus tard il sera pour moi. Pas tout de suite, mais quand je rentrerai d'Angleterre, ajoute-t-elle en direction de Claire.

— Pourquoi il serait pour toi et pas pour moi ? proteste aussitôt Coline.

— Parce que c'est normal, il faut bien que j'habite

quelque part, et toi de toute façon tu vivras encore chez les parents.

— Anna, s'énerve Claire, je t'ai déjà dit que tu n'aurais pas mon appartement ! J'ai bien l'intention de le garder, même quand j'aurai un enfant.

— Celle-là, dit Coline, parlant d'Anna, elle croit toujours que tout est pour elle.

— Oui ben toi, commence par avoir ton bac, rétorque Anna. Tant que tu ne l'auras pas, les parents ne te payeront pas un studio. Hein papa ?

— Il n'y a pas vraiment de règles, tu sais. Regarde, David est bien parti de la maison à dix-huit ans, et il s'est démerdé tout seul.

— Oui, mais David c'est particulier, dit Anna, il ne fichait rien à l'école et il ne voulait pas faire d'études.

— Ben moi je n'aurai peut-être pas mon bac et les parents vont quand même m'aider, lui lance Coline.

— Pourquoi tu n'aurais pas ton bac, ma Coline ? Bien sûr que tu l'auras.

— Regarde, moi, dit Claire, je l'ai bien eu.

— Ma Clairou ! Toi, tu es tout le temps gentille avec moi, dit Coline en se levant pour aller l'embrasser.

— Mais oui ma Collinou, mais oui, fait Claire en écartant son assiette, mais retourne à ta place, s'il te plaît, tu as failli me renverser ma bière

— Papa, quand tu m'emmèneras en Angleterre,

reprend Anna, agacée par les effusions de Coline, tu prendras tes outils ?

— Pourquoi ça ?

— Et d'ailleurs pourquoi ça serait ton père qui t'emmènerait et pas moi ? demande Hélène.

— Parce que toi, maman, tu ne sais même pas changer une ampoule. Y'a qu'à voir quand il n'y a plus de lumière dans la salle de bains… Marc ! Marc ! S'il te plaît, mon chéri, tu peux venir réparer…

— Elle t'imite trop bien, dit Claire.

— Ben c'est vrai, reprend Anna, maman elle sait rien faire dans une maison.

— Et toi tu sais faire quelque chose, peut-être ! lui lance Hélène.

— Moi, je regarde comment fait papa, au moins, et je saurais changer une ampoule.

— Ouais, ouais, mais enfin faire la vaisselle ou passer l'aspirateur tu n'as pas encore suffisamment regardé ton père, apparemment.

— Bon maman, tais-toi s'il te plaît, je parlais à papa.

— Et qu'est-ce que tu voulais savoir, ma chérie ?

— Si tu prendrais tes outils quand tu m'emmèneras en Angleterre. Pour installer des choses dans ma chambre, comme tu as fait chez Claire et maman.

— Oui, peut-être, je ne sais pas. Tu crois qu'il y aura des travaux à faire ?

Alors Coline, éclatant de rire :

— Papa, il installe toutes ses femmes partout, et

bientôt il va se retrouver tout seul dans la grande maison.

— N'empêche, c'est vrai, dit Anna.

Hélène lève les yeux de son assiette, elle cherche mon regard et nous nous sourions.

Composition Interligne
Loncin

Cet ouvrage a été imprimé
en février 2011 par

CPI

FIRMIN-DIDOT

27650 Mesnil-sur-l'Estrée

N° d'édition : 51418/01 – N° d'impression : 104162
Dépôt légal : mars 2011
Imprimé en France